漫娱图书
SINCE BOOKS

限　定　好　友　系　列

U0797868

限 · 定 · 好 · 友

一触即燃

BURNING TOUCH

长江出版社 CHANGJIANGPRESS 漫娱图书

无法传达的心声
躲藏在每个不动声色的时刻

CONTEN

目录

136

文/三流富婆

棋逢对手

直率乖张年轻拳王 x 少言冷面过气拳击手

176

文/明戈

梧桐与卿

暴脾气大老粗文盲将军 x 笑里藏刀腹黑上卿

188

文/张大吉

小偶像也有难言之隐

高冷自持肛肠医生 x 天真搞笑小明星

220

文/三木吱

否定不和

嚣张暴躁城市少年 x 温柔慢热小镇学霸

动物医院

GUAN YU WO YOU

关于我有社交恐惧症这件事

苏焱 × 谷雨

文▶水星搁浅

社交王者美妆博主 x 社交恐惧症健身博主

关于我有社交恐惧症这件事

✦文/水星搁浅✦

社交小达人，酷爱“挖坑”，下辈子想变成一条善解人意的狗。微博@feat水星搁浅

01

谷雨是个健身博主。像他这样有八块腹肌、一口气能做三十个引体向上的健身博主其实是很常见的。

真正让谷雨走红的，是他在视频中戴着口罩露出的上半张脸。

用粉丝的话来说：“就算只露眼睛也能看出是个帅哥。”

这话一点也不夸张，谷雨遗传了他妈妈的基因，长了张好脸蛋，一双眼睛深邃明亮，他的健身视频经常只录身体不录脸，这样的神秘感更让粉丝着迷，三天两头催着他直播。

谷雨第一次直播时只说了三句话：

“大家好。

“请大家不要过度关注我，我只想记录自己健身的日常。

“谢谢大家，再见。”

一时网络上众说纷纭，有说他炒作的，有说他装的，还有说“别害羞”的。

谷雨每次看到这些评论都不禁感慨网络世界真开放。

他其实有点社交恐惧症。

由于童年的一些不愉快的回忆，谷雨极其讨厌与人交往。

所以他大学专业只选了三个方向：法医、兽医、殡仪。

最后他被调剂到了水产养殖。

他觉得还不错，至少鱼比人好相处。

02

谷雨知道有一种和他大不相同的“生物”，他们在社交中充满自信，经常对他人重拳出击。

这类人在他眼中比普通人可怕得多，因为他们不仅会主动社交，还会强行带着所有人营造气氛。

他今天就遇到了这样一位“劲敌”。

谷雨看着手机的直播页面上正和他“PK”的那位男主播，表情十分复杂。

对面的人留着一头披肩长发，骨相分明，五官精致得犹如一尊雕塑。他的衬衣领口大敞着，露出肌肉线条，看上去随时都有被封号的风险。

这位帅哥是拥有百万粉丝的美妆主播——苏三火。他凭借一个变装视频火遍全网，日常更新的一般都是美妆视频，从平常的吃穿不难看出他家境很好。因此，视频下经常出现“看见少爷教人化妆，我打心底高兴”的热评。

这样的一张漂亮脸蛋，本该配上完美无缺的口音，可这位帅哥嘴里却操着一口蹩脚的普通话：

“主播怎么不说话？还戴口罩，这么见外啊。”

“感觉应该是个帅哥，可以取下口罩看看吗？”

谷雨坚定地摇头。

“这么害羞？”长发帅哥微微挑眉，一双好看的桃花眼半眯起来，满含笑意。

粉丝都在撺掇着让三火劝说雨哥摘口罩。谷雨也以为可能还要被纠缠一番，没想到苏三火只是乐呵呵地说：“那就不为难你了，来 PK 吧，粉丝都说想看呢。”

谷雨总算是松了口气，对苏三火的印象也更好了一些，至少他不会为了博人眼球强迫谷雨做什么。

于是谷雨在粉丝弹幕的指挥下，十分不熟练地接受了 PK。

他的粉丝没有苏三火多，没一会儿屏幕上点赞的“血量值”便降到了最低。

他输了。

苏三火一脸恍惚：“啊，不好意思，刚刚忘定惩罚了，要再来一次吗？”

谷雨急忙摆手：“不用了，你直接说惩罚就好。”

他现在只想赶快下播。

苏三火拢起长发，盯着弹幕一条一条地读：“唱歌？不要不要，太老土了。取下口罩？人家发半年视频了都没露过脸，我凭啥让人取啊？凭我长得帅吗？哦对了——没记错的话‘下雨了’和我在同一座城市？”

“下雨了”是谷雨的网名。

“是的。”谷雨有些惊讶，他不知道苏三火居然看过他的视频，还知道他们在同一座城市。

事实上，他和苏三火不仅在同一座城市还就读于同一所学校，甚至在他慢跑的时候还曾经看到过苏三火在路边录视频。

“我看见你上一条视频的定位在 W 大旁边的健身房，这不就是巧了吗，我就是 W 大的。不如惩罚就定成线下约饭吧，你请我吃 3 号门门口的蜜雪……”

“不，不好意思我网络不太好——”

谷雨听见约饭两个字，脑瓜子“嗡嗡”的，手忙脚乱地下播了。

03

自前一晚的直播结束后，谷雨便发誓再也不透露自己的真实信息了。

他怀疑网友会真的顺着网线爬到他家门口。

今天的晚课是谷雨捡漏选到的一门工科课，据说这个老师每节课都要点名。

谷雨一进教室就坐到了最后排的角落，百无聊赖地玩着手机等上课。

老师提前十分钟进了教室，站上讲台就开始强调自己课上的规矩：不允许迟到、不允许早退、最后三排不许坐人、不准玩手机，等等。

中年男人的中气十足的声音终于被刺耳的上课铃打断。

踩着铃声走进教室的人好看得扎眼，披肩长发束成低马尾垂在颈侧，身高目测一米八五以上，他迈着大长腿从容地坐到了第一排。

大半个班的同学都窃窃私语起来。

“那个是我们学校的网红吧？”

“原来是真发啊，我还以为是假发呢。”

谷雨没注意到这位同学的高调入场，因为他正在按照老师的要求往前挪座位，但前面的座位很快被转移阵地的同学占满了，谷雨只能坐到第三排靠边的座位上。

在换座位的嘈杂声响停止后，老师指着第一排的长发男生问：“你叫什么名字？”

“苏焱。”男生朗声回答，“三个火的那个焱。”

谷雨听见熟悉的声音不禁抬起了头，看向前排长发男生的背影。

男生的发质看起来很柔顺，谷雨坐的位置还可以看见他小半边侧脸——鼻梁和下巴的线条十分流畅，裁剪得体的绸面衬衫勾勒出完美的肩线。

原来苏三火叫苏焱啊。

“下次不要踩点来上课，至少要提前十分钟到教室。”老师瞪起双眼，“还有，我提醒一下这位同学，你是来要学习的，不要打扮得这么招摇，你是艺术生吧，我们工院可是不允许留长发的。”

“老师，我留什么发型是我的自由吧？”苏焱的声音和老师的差不多响亮，吸引了全班同学的目光，“而且我并没有迟到啊。”

谷雨竟然觉得他说得有道理。

“安静！上我的课就要守我的规矩！”老师清了清嗓子，接着开始若无其事地讲课。

谷雨对工程学实在是不感兴趣，只能硬着头皮听，没多久便撑着额头开始打盹儿。

没一会儿他就被苏焱声如洪钟的答到声叫醒，揉着眼睛醒来的时候，老师正在点名。

点名是谷雨最讨厌的课堂环节，这种吸引他人注意的事都会让他感觉很尴尬。

所以每次点名他都要提前五分钟做好心理准备，连举手的动作都得在心里排练十几遍。

点到谷雨的时候，他低低举起手，轻声回了声“到”。

老师皱起眉，用锐利的眼神巡视全班：“谷雨在吗？”

谷雨尴尬地低下头，迫于压力只能稍微放大音量："到。"

老师的眼神终于"抓"住了他："没吃饭吗？大声点。"

谷雨只能扯着嗓子努力叫道："到！"

老师仍是不满意："能不能阳刚一点，说话声音跟蚊子似的。"

"砰"的一声巨响，全班低头看书玩手机的人都猛地抬起了头。

苏焱拍案而起，大声辩驳："老师，是谁规定的男生就一定要大声说话？"

老师狠狠瞪住他，骤然拔高了音量："男生就该有男生的样子！"

"男生必须要声音洪亮本来就是一种刻板印象。男生可以是温柔的，女生也可以是强势的，性别认同和这些标签没有任何关系，根本没有什么事是'男生'或者'女生'该做的事，我们只用做好自己。况且，老师您根本没必要因为这么点小事刁难同学吧？他只是声音比较小而已，又没有做什么影响课堂的事。"

苏焱说完这一番话，班上响起了热烈的掌声。

台上的中年男人火冒三丈，他把脑门上几缕稀疏的发丝捋好，对苏焱怒目而视："你是来听课的还是来辩论的？我现在真是搞不懂你们这些学生了，如果对我不满可以直接退课！不要在这里给我讲道理！"

苏焱立马拽起单肩包走了出去。

众人哗然，一阵窸窸窣窣的声音后，陆续又有些人走出教室。

谷雨也忍受不了这样的氛围，收拾好背包快步离开。

他一出门便撞上了苏焱。

苏焱正双手环抱靠在门边，冲着谷雨弯眸一笑，点缀在眉尾处的深紫色宝石眉钉熠熠生辉。

谷雨跟吓着了似的，恨不得说一句"请这位同学让一让"，随后不自觉地加快脚步朝楼梯间走去。

苏焱跟上去和他并肩走:“不好意思啊同学，害得你也要去退课，但那老师实在是太过分了，我实在忍不住……”

谷雨无比庆幸自己戴了口罩，但他还是怕苏三火听出自己就是昨晚和他连线的主播，刻意含糊不清地说：“嗯嗯，没事，谢谢你，再见。”

苏焱倾身凑近，轻轻拉住他的书包带：“作为赔礼我请你吃个饭吧，你想吃什么？”

谷雨惊慌失措地摆手：“不用麻烦了，我还要回寝室赶汇报。”

“那加个微信吧。我叫苏焱，美术学院的，你社团活动要做什么宣发都可以找我。”苏焱热情地掏出手机。

谷雨知道如果自己不加好友就走不掉了，便以迅雷不及掩耳之势扫了码：“好的，加了，我先走了。”

“等一下，同学，”苏焱眯着眼打量谷雨，语气中带着一些思索，“我怎么觉得你有点眼熟呢？”

一瞬间谷雨头皮发麻，心跳骤停。

这比在街上遇到七大姑八大姨而被迫开启社交模式还要可怕！

“拜……拜拜，我先走了。”谷雨假装没听见，揣好手机慌不择路地逃脱，还差点因为走太急撞到围栏上。

真是见了鬼了，怎么哪儿都能见到这人呢？

谷雨一路小跑，终于出了教学楼，心想总算是逃过一劫。

04

可他并没有逃过。

谷雨没想到，他和苏焱的“孽缘”远不止于此。

谷雨在教学楼下扫电动车会遇到蹲在路边和流浪猫说话的苏

焱；在超市买烤肠会遇到和收银员大妈交谈甚欢的苏焱；在门口拿快递会遇到和门卫大爷一起下棋的苏焱……

苏焱仿佛无处不在。

每次苏焱跟他挥手打招呼说“好巧”的时候，谷雨都会想自己是不是中了什么诅咒，或者说是不是他们学校真的太小了。

不过谷雨实在招架不住苏焱的热情，总会以各种各样的借口迅速逃离现场。

直到社团展示会的那天。

这天下午涌入食堂的人潮格外汹涌，各个社团的招新人员打扮得花枝招展：穿汉服的是国风社；戴五颜六色假发的是动漫社；穿球衣的是篮球社……食堂内人声鼎沸，分外热闹。

谷雨好不容易才找到一个角落的位置，安安静静地吃着水煮肉片。

他大一的时候也想过要加入社团锻炼自己，但是在路过操场看见田径社团建玩丢手绢，输了还要站在大家中间表演才艺的时候，他火速放弃了加入社团的念头。

大二搬出寝室之后，谷雨就基本不和班上的同学来往了，彻彻底底地待在了自己的社交舒适圈里。

他以为自己会一直这样到毕业。

“哎？三火怎么来了？”隔壁桌国风社的男社长突然大叫了一声，周围的人纷纷转头朝门口看去。

谷雨也跟着回过头，看见苏焱挥着手从门口走了进来。

他穿着一身清爽的休闲装，长发披肩，看起来像只慵懒的西域大猫。

好像没有人不认识苏焱，他路过的每个社团都有人跟他打招呼，他也会一一回应，甚至停下来攀谈几句。

终于，苏焱走到了国风社的桌子边，笑着问社长：“小武吃啥呢？”

“套餐啦，来的时候没剩几个菜了。”男社长说，“今天你们美妆社真是帮大忙了，改天请你吃饭。”

“客气了哈，别跟我说这些，你们上次不是也借我们道具了吗？化几个妆而已，多大点事儿。”苏焱拍拍男社长的肩膀，“有机会一起出去团建啊，学校门口新开的轰趴馆设施还挺齐全的。”

“一定一定。”

谷雨听着苏焱自如地跟人攀谈，生怕苏焱发现自己，于是吃饭时头埋得越来越低。

比起被打招呼，他宁愿变成一盘水煮肉片。

“谷雨？”

苏焱结束和国风社社长的交流后，眼神立马转向角落里那个几乎要把脸埋进餐盘的人。

谷雨：……

啊啊啊啊啊啊啊啊啊，救命！！！

苏焱每靠近一步，谷雨的“血量条”就下降一点，等到苏焱带着整个食堂的目光走到他面前时，谷雨觉得自己已经可以原地消失了。

“罪魁祸首”笑眯眯地问：“好巧，你也在这吃饭吗？”

而在谷雨眼里，苏焱就像是小恶魔，晃悠着尾巴靠近了他，笑的时候还露出尖尖的獠牙对他说：“好巧，你就是我的晚餐吗？”

“嗯。”谷雨惶恐不安地盯着苏焱。

“你在吃水煮肉片吗？”苏焱问。

“是的。”

“好吃吗？”

“还行。”

于是三分钟后，苏焱端着一盘水煮肉片坐到了谷雨旁边。

谷雨已经很久没有和别人一起吃过饭了，感觉浑身不自在。

苏焱夹起一片肉送进嘴里，眼神放光：“真的很好吃！我以后要多吃食堂的饭菜。”

谷雨端起餐盘起身，动作迅速得好像被教官下达了指令：“我吃完了，我先走了。”

苏焱含着一嘴菜抬头看他：“你等会儿有空吗？”

谷雨想说自己等会儿要去健身，又怕掉马，只能说：“要跑步。”

苏焱震惊道：“刚吃完饭就跑啊？”

谷雨有点麻了，他这学期跟别人说的话加起来都没有这几天跟苏焱说的多。

“先散步，再跑。”谷雨言简意赅。

“我发现你惜字如金。”苏焱一边吃一边大剌剌地说，“真羡慕你啊。我总是管不住我这嘴，整天就叭叭往外说。”

谷雨看着这人自来熟的样子，不禁有些羡慕。

不管是反驳不讲理的老师还是跟别人热情地打招呼，都是谷雨人生前二十年里没勇气去做的事，但对这个人来说却是那么轻松。

谷雨说：“其实我觉得你这样挺好的。”

苏焱用小狗狗一样期待的眼神看着谷雨，但等了半分钟也没能等到下文，不禁失笑：“我还以为你要继续夸我。”

谷雨缓慢地说：“你很帅，你很大方，你可以做自己。”

苏焱点点头，一脸赞同道：“谢谢，我也觉得我很帅！”

接着他话锋一转：“你也很帅啊，没人夸过你眼睛很好看吗？”

谷雨一愣。

他已经快要忘记上次现实中有人夸他是什么时候的事了。

“谢……谢谢你。”谷雨垂下了眼。

“别客气，我只是有一双善于发现美的眼睛，”苏焱十分自在乐呵，“你普通话好标准啊，是北方人吧？我好多同学都是本地人，普通话说得比我还差，和他们混久了我更不会说普通话了。”

“啊？嗯……”

谷雨说话的语速很慢，他说太快就会紧张结巴，因为这个毛病，老师和同学们从来都不愿意听他说话。小学时谷雨每次回答问题老师都会不耐烦地让他坐下，所以最后他也就不愿意举手了。

这也是他没有自信心的根源。

再后来他戴上了黑框眼镜，用厚重的刘海遮住自己的眼睛，故意驼背，都是为了让自己融入人群，不被发现。

枪打出头鸟，所以只要他做一只缩头乌龟，就永远不会被人注意到。

他之所以喜欢健身，是因为在运动的时候可以完全沉浸在自己的世界里，不必在意他人的眼光，也不用纠结自己该说什么。

一开始，谷雨并不希望自己在网络上受到他人的关注，但渐渐地，那些自来熟的陌生网友好像真的是他的朋友一样，会对他日常的点滴进行评价。不管评论是好是坏，都让他有种微妙的收获感。

在网络上和他人交谈的成本很低，一个表情就能表示很多含义。这对跟外卖员打电话都要提前演练的人来说，实在是太省心了。

“你咬字很清晰，平翘舌也分得很清楚，我从小说方言说习惯了，分不清平翘舌，上课回答问题时总被同学们笑。”苏焱笑着解释。

“方言也很好，我们那边好多小孩都不会说方言。”谷雨诚挚地说。

苏焱点点头，飞快地把白米饭塞进嘴里：“唔，等会儿一起去打篮球吗？反正都是锻炼身体。”

谷雨有点诧异，差点脱口而出“你也喜欢打篮球？”

他下意识地以为苏焱会喜欢比较文艺的东西。

谷雨回想起苏焱在通选课上的发言，心想自己和那个讨厌的老师也没什么不同，他理所当然地认为留长发的男生是不会喜欢打篮球的。

这该死的刻板印象。

谷雨对苏焱的球技是有些好奇的。他俩看起来身高和体格差距不大，不知道谁会更胜一筹。

“行，但是我不太想和很多人一起打。”谷雨答应了。

“嗯，就我们两个随便玩，别紧张。”苏焱笑道。

05

今天的球场很冷清，他们随便选了块场地分别把外套挂在看台的座位上。

谷雨里面只穿了件 T 恤，露出手臂上匀称的肌肉线条，他的骨架不是很大，这让他的肌肉看上去恰到好处。

“穿衣显瘦脱衣有肉啊。”苏焱吹了个口哨，“你身高也有 188 厘米吧？感觉咱俩一样高呢。”

谷雨有点局促，但还是点头说：“体测的时候测的是 187 厘米。”

苏焱笑了起来：“嘿嘿，我 188.46 厘米哦，四舍五入是 188.5 厘米，再四舍五入是 189 厘米，就比你高 2 厘米了。”

谷雨：……

原来四舍五入是这么用的吗？

“你先防还是你先守？”苏焱捋起袖子问。

“都行。”谷雨嘴角抽搐，心说这有差别吗？

“你先进攻吧。”谷雨说道。

“好，等我一下。”苏焱取下腕上的皮筋用牙齿叼住，抬手扎起一头飘逸的长发，发丝被阳光渲染出耀眼的金边，侧脸的轮廓流畅起伏，如同精雕细琢的艺术品。

谷雨上次受到这样的视觉冲击还是在初中：班花站在窗边扎头发。

苏焱迅速挽了个丸子头，抄起篮球躬身拍了两下：“开始了哦。”

“啊？好。”画风转变得太快，谷雨猝不及防地抬头，抬手险险拦住苏焱投篮的动作。

苏焱熟练地换手运球，往左踏了一步，谷雨反应迅速地回身挡住，苏焱却猛地一跃将篮球朝右边的空隙抛去。

谷雨心中一惊。

好快的假动作！

不过这个位置投篮不易，不一定能进……谷雨抱着一丝侥幸心理。

他回过头，看见篮球稳稳落入框中。

漂亮的三分球！

“好球！”还没等到谷雨赞叹，苏焱便自己大喊起来，他冲过去捡起球，抛到谷雨怀里，笑声爽朗，“再来！”

几个回合后，他们停下来坐到球场边休息了一会儿。

谷雨捞起衣服下摆擦了擦脸上的汗。苏焱看着这人劲瘦的腰说道：“你这腹肌练了挺长时间吧？”

“嗯，大二开始练的。”谷雨局促地点点头。

“这不是巧了吗，我也是从大二开始练的！”苏焱也捞起衣服，露出的腹肌同样轮廓漂亮，肌肉线条也无比清晰。

谷雨看着他真诚地赞叹："你也很不错。"

"是吧。"苏焱笑得很是开朗。

他的眼角在阳光下带着亮晶晶的闪片，好像整个人都在发光。

谷雨鬼使神差地用指腹蹭过了苏焱还带着汗的腹肌。

下一秒苏焱突然毫无征兆地朝他扑了过来。

两人踉跄着摔倒在地，一个篮球弹跳着在两人脚边落地。

"实在不好意思学长，我们打的时候没注意！"隔壁场地的几个学妹红着脸过来捡球，"没砸到你们吧？"

谷雨摇摇头，苏焱也说没事。

几个小学妹这才离开了。

"你手没事吧？"谷雨刚才根本没注意到有球丢了过来，语气很是焦急。

"没事，小问题。"苏焱笑着冲他展示自己只是破了点皮的手背，"继续打吧。"

"算了吧，还是去清洗一下消个毒好一点。"打篮球受伤是常事，破皮确实不算什么，但谷雨还是觉得不太好。

"好吧，听你的。"苏焱摸出纸巾擦额头上的汗，给谷雨也递了一张，"那明天还来吗？"

谷雨想了想，点点头："好啊。"

接下来的几天，苏焱和谷雨一下课就会准时出现在球场。

看台也从开始的空无一人逐渐变得热闹起来。

有几个女生是苏焱的粉丝，连续给苏焱和谷雨送了一周的水和毛巾，甚至还有不少粉丝偷偷给他们拍照，苏焱自如地跟他们打招呼，还调侃道只许把帅照发出去。

休息时间苏焱偶尔会靠着看台的围栏和大家聊天，谷雨这时便安静地坐在一边，回想起认识苏焱以来的所有事情，好像都那么不可思议。

苏焱还会带着他一起去吃校门口的小吃，会给他带运动饮料和巧克力，每次和别人聊天也会努力让谷雨加入他们的话题。

他真的很好。

谷雨看着苏焱和其他人畅谈的笑靥，心里突然有些空落落的。

他对所有人都很好，自己并不是例外。

“谷雨？”苏焱的声音打断了谷雨的沉思。

谷雨猛地抬头：“怎么了？”

苏焱指了指对面看台外一个戴着棒球帽的女孩：“有人找你哦。”

谷雨有些疑惑地走过去，外面的女生隔着围栏给他递了一盒巧克力：“这个送给你。”

“送给我的吗？”谷雨看着陌生女孩的脸很是惊讶。

“对呀对呀，你就是‘下雨了’吧？我超级喜欢你的视频。”女孩满脸通红，“虽然不太确定，但是你的眼睛真的很好看。”

谷雨拿着巧克力，有些无所适从：“谢谢你……我……我……”

“小雨，中场休息结束了。”苏焱突然凑过来搭上谷雨的肩膀，冲着围栏外的女生说，“不好意思同学，我先把他带走啦。”

谷雨也跟女生说了再见，一转头就看苏焱灿烂的笑脸，苏焱揽着谷雨的肩膀凑到他耳边说：“其实好多女生都想找你要联系方式，但是她们说你看起来太高冷了，不敢主动来找你。”

谷雨一怔：“为什么要找我要？”

“你长得帅啊，身材也好，打球还和我一样厉害。”苏焱理直气壮地说。

谷雨有些受宠若惊：“是因为我和你一起玩她们才看见了我吧。”

苏焱听了这话，满脸无奈，毫不客气地弹了一下他的脑门：“你傻啊！有人喜欢你不是因为她善良，而是因为你够好，你值得！”

苏焱一脸气呼呼地看着谷雨，生怕他听不进去。

谷雨看着苏焱努力鼓励他的样子，内心百感交集——从来没有人把对他的夸奖放在嘴边，也从来没有人对他说过“你很好”“你值得”。

苏焱好像一直都是那么积极，不管是在社交中还是在生活中，都表现出乐观的心态。

谷雨想，有这么多人喜欢苏焱一点也不奇怪。

因为他值得。

06

这几天围观他俩打篮球的人越来越多，他们便转移阵地到了校外的球场，从这里到苏焱的公寓只需步行十分钟。每次打完球苏焱都会邀请谷雨去他家吃饭，谷雨拒绝了几次以后，最终还是没能拗过苏焱，答应了下来。

苏焱租的房子不大，是复式的公寓，最大的房间是衣帽间，房间收拾得还算干净，米白色的墙面配上木地板，家具都选用了低饱和度的暖色，色调和谐而舒适。

在谷雨意料之外的是，苏焱竟然会做饭。

“因为小时候爸爸妈妈工作忙，经常不在家，那时候带我的保姆姐姐总带着我一起做饭。”苏焱提起这事的时候一脸怀念，“现在想起来，以前的保姆姐姐反而更像我妈妈一点。”

谷雨没怎么做过饭，他妈妈几乎不会让他下厨。自己搬出来住之后他也是以吃外卖为主，照着教程做的菜不是把握不好火候就是把掌握不好调味料的量，总之都不太好吃。

苏焱每次带他回家都会亲自下厨，用他的话来说：“两人份的饭菜比一人份的好做多了，也不用怕浪费。”

他厨艺很不错，只要有菜谱就可以做得像模像样的，并且色香味俱全。

谷雨吃了几天后觉得自己白吃白喝实在是不太好，便提出以后由自己来买菜，苏焱没有拒绝。

于是两人成了“饭友”，谷雨负责给苏焱打下手，还学做了几道家常菜。

不知不觉中，苏焱就这样渗透了谷雨生活的每一个角落。

几个星期后的一天，洗完碗以后，谷雨坐在客厅沙发上，看苏焱剪视频，看着他熟练地切换着各个软件，一帧一帧地检查内容。

“你好厉害。”谷雨由衷感慨。

“剪辑多了就会了。说到这个，我收到了好多条粉丝私信，都是让我和你一起录视频的。”苏焱看上去心情很不错，一边跟着外放的音乐抖腿一边笑着说，“大家都夸你帅呢。”

谷雨思索了一下，摇摇头：“拍视频还是算了吧，我没什么镜头感，又很容易紧张。”

苏焱指着粉丝给他们拍的视频：“这不就很自然吗？”

“那是因为和你站在一起……”谷雨脱口而出，又立马顿住，犹豫半晌后才开口，“你的视频拍得都很好，我不想把你的视频搞砸……”

谷雨还想继续往下说，却突然被苏焱制止了。

“不许这么说！”苏焱盯着他的眼睛，露出少有的认真神色，“不要那么说自己，小雨别把自己想得很糟糕。你真的很好，所以大家才会那么喜欢你。”

“你想和我一起录视频吗？”谷雨怔怔地问。

苏焱粲然一笑：“当然啊，我都已经想过好几个主题了，我们可以录变装、素人改造、做饭、玩游戏……”

谷雨看着苏焱一脸畅想地列举，实在是不忍心拒绝。

他想，自己不能再这样“自闭”下去了。

就算是为了报答苏焱为他做的所有事，他也应该试着去改变，去展现更真实的自己。

“我可以尝试一下，但是我不确定我能不能做好，如果做不好的话……”谷雨话音未落，便被苏焱凶狠地盯住。

“你必须相信我的审美和专业性！”苏焱朗声道。

“我当然相信你……我……”谷雨咬咬牙，“我一定会好好配合你的。”

苏焱笑了：“这还差不多。”

07

最后他们定下的主题是素人改造。

到了正式录制那一天，谷雨连跟苏焱说话都有点结巴。

因为太过紧张，他不禁在心里打起了退堂鼓。

自己当初怎么就答应了呢？

录制开始前谷雨对着镜头，一次又一次地调整呼吸。苏焱看出他的拘束，握着他的手腕，轻轻拍了拍他的肩膀：“紧张是很正常的。我第一次录视频的时候忘词了，对着镜头发了半分钟的呆，而且连台本都没有，全程胡说八道，剪辑的时候把我自己都逗乐了。”

谷雨想象了一下那个场景，忍不住笑了笑。

苏焱见他放松了些，这才打开了相机。

视频录制意外得顺利，可能是因为每个步骤都紧锣密鼓，谷雨根本没什么时间去思考，一直任由苏焱“摆弄”，就像一个乖巧的布娃娃。

这是谷雨第一次化妆，内心不免有些忐忑。

苏焱给他上妆的时候，眼睑低垂，认真得像是在给艺术品上色。

修眉毛的时候，谷雨很是敏感地一颤。苏焱轻声问：“弄痛你了？”

谷雨摇摇头。

苏焱继续一语不发地给他化妆。

他平常的美妆视频是比较聒噪的类型，每个步骤都会详细解说，中间还会贯穿一些段子。但其实那些都是后期配的音，录制过程中苏焱是不怎么说话的。

谷雨第一次知道，原来苏焱也有这样安静沉稳的一面。

“还在发呆？化好了哦。”苏焱笑着捏了捏谷雨的脸，把镜子递到他面前。

谷雨看着镜子里仿若新生的自己，不自觉地发出了感叹：“好厉害。”

苏焱爽朗一笑：“那必须的！”

08

“锵锵锵锵——这位小哥哥就是我们今天要改造的对象。不难看出他的底子还是很好的，身材和五官比例都不错，但是不太注意自己的打扮和皮肤管理，大家可以期待一下小哥哥改造后的样子。觉得他帅的在弹幕上敲 1，觉得我帅的敲 2。”

长发帅哥冲着镜头熟练地比画，坐在他旁边的短发男生脸型轮廓流畅，头肩比也十分优越，厚重的刘海半挡着眼睛，黑框眼镜下压着高挺的鼻梁，嘴唇紧紧抿着，看上去很拘谨。

“高兴点嘛，不好看的话我就不播了，好不好？”长发帅哥用哄小孩的语气循循善诱，“给大家打个招呼。”

短发男生冲着镜头招了招手。

“好的，首先需要解决的是他的穿搭，不难看出这位同学非常喜欢一些快时尚的极简穿搭，那今天的第一个挑战就是：尝试用日常服饰搭配出不同寻常的感觉。”

镜头一转，短发男生换上了一套简约风的夏日装，白色 T 恤搭浅绿短袖衬衫，再搭配天蓝色的牛仔裤和小白鞋。

“这位小伙伴的皮肤比较白，所以我为他挑选了一套亮色的衣服，视觉上会给人很清新的夏日感。他的身材很好，这条九分的牛仔裤能显示出脚腕的纤细，也更显腿长。”长发帅哥解释道，“快时尚品牌虽然缺乏设计感，但就日常穿搭而言足够了，只要搭配得当，再加上合适的小配饰，就可以让人眼前一亮。”

他给短发男生选了个牛油果形状的金属徽章，低头别在短发男生领口上。

“现在我们要给小哥哥化一个日常妆。他本身皮肤很白，但是因为皮肤屏障薄，所以脸颊有轻微的泛红，我们选择绿色的隔离来进行修饰。他还有一些痘印，我们选一款比较滋润的遮瑕来遮盖掉……”

长发帅哥扎着低马尾，垂着睫毛认真地在男生脸上涂涂抹抹。男生的耳朵肉眼可见地红了起来。

“经过简单的底妆和修容，他现在的皮肤状态看起来已经很不错了。小哥哥本身五官的立体度是很好的，虽然跟我比还差了一点，但这个眉弓和额头已经很优越了。”

“最后我们要处理的是头发。他的发质比较硬，刘海有点厚，等会儿我们会请苏托尼老师替他好好修剪一番。”

一阵拍摄的转场后，短发男生再次出现在画面中。

他的刘海被打薄剪短，理成三七分，露出半边洁白的额头。黑框眼镜不知所踪，换上了深蓝色的美瞳，显得眼神格外清澈。他的卧蚕很明显，对着镜头腼腆一笑的时候眼睛弯弯的，显现出青涩的少年气，就像校园电影里气质干净的男主角。

“大家觉得这期素人改造是成功还是失败呢？可以在评论区留下你的建议，不要忘记点赞哦。”

09

几天后，这则素人改造的视频突然走红。

视频内知名美妆博主细致幽默的解说和被改造对象惊艳的颜值广受网友好评，一时间，众多博主纷纷转发，视频在一夜之间冲上了美妆版块的实时排名第一。

“哈哈哈，这里有几条评论叫你多拍几条！”苏焱指着弹幕大笑，“你看吧，我就说大家都会很喜欢这条视频的！”

谷雨看着惊人的弹幕数量，有些震撼：“你的粉丝真的好多啊。”

“现在很多也是你的粉丝了。”苏焱笑着打趣他。

刚录完视频的时候，谷雨还很不自信，觉得自己配不上这样精致的妆容和打扮。

苏焱一边剪辑一边告诉谷雨，这个视频的每一帧都可以截下来当壁纸。

看到最终的视频时，谷雨自己都感到不可思议，也终于折服于苏焱的审美。

不得不说，他从来都不知道自己还能这么打扮。

他也开始庆幸自己在苏焱的鼓励下迈出了第一步。

接下来也要更努力才行。

除了这些之外，谷雨还看到了很多猜测自己身份的评论。

橘子糖："有没有觉得改造对象很眼熟的？我觉得他看起来好像某个健身博主啊！"

快乐小熊："加一，我觉得很像雨哥。"

三火我老公："是的哎！眼睛和身材都很像雨哥！"

路过的小透明："说起来大家看过 W 大论坛的那个帖子吗？之前不就有人猜测和苏焱打篮球的男生是雨哥了吗？"

热气球："W 大学妹路过，表示看见过那个帖子！里面有视频，和三火打篮球的就是改造对象！而且三火还叫他小雨！"

下面还有人贴出了 W 大帖子的链接，谷雨便点进去看了看。

这个帖子名为《球场帅哥其实是知名健身博主？》。

楼主自称是 W 大球场看台常驻人士，这两周经常看见三火带着一个帅哥来打篮球。

她拍了很多两个人的照片，然后发现三火带来的这个帅哥和自己关注的一个健身博主很像。

为了论证他俩有多像，楼主截了很多"下雨了"的视频和自己拍的视频对比，可以看出两人的眼睛和轮廓都十分相似，还有好几件球衣也是同款。

这则帖子的回复不多，大多数都是赞同楼主的观点的。

但还有些不同的声音。

玉桂狗 love："原来我们学校还有这种帅哥吗？求一个短发帅哥联系方式！"

草莓熊："苏三火打篮球这么帅的吗？我明天也要去看！"

列文虎克女孩："家人们，长发大帅哥和腼腆小帅哥互动还挺可爱的。"

Clock：“我尖叫到楼上邻居下来打我，他俩好有反差萌！”

不出谷雨所料，苏焱也看到了这则帖子。还举着手机气势汹汹地“质问”他：“嗯？你竟然是健身博主‘下雨了’？那你那一天为什么不接受 PK 失败的惩罚？”

谷雨讪讪道：“我最怕见网友了。”

苏焱一脸不满：“那你明天请我吃冰激凌，补偿我。”

谷雨笑道：“好。”

10

大雨之妹：“我哥今天怎么上播了？”

小红薯：“有生之年居然能看见失踪博主回归！”

谷雨照旧是戴着口罩直播，他刚刚健身完，身上还穿着半湿的 T 恤。

草莓大福：“雨哥剪头发了吗，发型清爽多了。”

丘姜：“是我的错觉吗，一个月不见我哥又帅了。”

谷雨冲着镜头说：“谢谢大家一直以来的支持，以后我会更新一些以前没有尝试过的视频，大家有什么推荐的都可以写在评论里。”

冠军选手：“原来雨哥会说这么长的话啊！”

沁沁：“小雨之前讲话不都是一个字一个字往外蹦的吗？”

谷雨认真地说：“我以前不是很敢在镜头前面表达自己，最近稍微好了一点，以后争取做得更好。”

乖花生：“雨哥放心飞，雨点永相随！”

冲鸭：“好耶，期待！”

怎么可以吃兔兔：“好开心啊，以后可以每天都见到小雨吗？”

谷雨看着这些评论，不禁有些感动。正当他准备回应她们的时候，一条直播连线突然切了进来。

“您收到了［苏三火］的连麦邀请，是否接受？”

谷雨有些惊讶，但还是接受了苏三火的邀请。

接通后，苏焱在那边笑着说：“明天打完球，来我家吃糖醋排骨。”

谷雨一脸无奈地说“好”。

那天晚上谷雨和苏焱打篮球的视频点击量瞬间飙高，大家知道球场帅哥就是健身博主“下雨了”之后，谷雨一晚上涨了几万粉。

评论区全都在让谷雨露脸，还有很多让谷雨和苏焱一起拍视频的。

谷雨下播后发了自己在平台上的第一个露脸视频，是粉丝录的他和苏焱一起打篮球的视频。

视频内两个男生在打球的过程中，时不时对视一笑，张扬灿烂的笑容比午后的阳光还要耀眼。

11

苏焱第一次看见谷雨的视频是在半年前，那时候的谷雨还没什么粉丝。苏焱也只是因为收到了同城推送，发现这个人是自己校友之后才多看了两眼。

谷雨每天都会更新一条视频，只打一个健身的标签，标题就是自己训练的内容。

比起其他健身博主丰富的内容来说，他显得非常朴实，更像在记录生活。

他偶尔还会发一些像别人发在朋友圈的内容。

比如，今天发现便利店的猫不见了，很难过；今天吃食堂遇见了高中同学，幸好没被认出来，逃过一劫；今天抢到了二食堂的麻薯，很开心……

平台上太多追求精致生活的打卡博主，谷雨充满烟火气的视频让苏焱眼前一亮。

而且谷雨露出来的眼睛确实很好看。

于是苏焱便关注了他。

后来，苏焱在学校录视频的时候，偶然遇到了晨跑的谷雨。

这还是苏焱在回去剪视频的时候才发现的。

出现的那几帧画面里，谷雨的刘海被发带箍在额头上，没有戴眼镜，露出清秀好看的眉眼。运动背心下肌肉的线条清晰可见，鼻尖挂着透明的水珠，在阳光下仿佛一株肆意生长的绿植，显得格外明媚而耀眼。

后来谷雨慢慢因为“半张脸”火了，苏焱看见他的成长也很欣慰。

就这样，苏焱的“宝藏博主”逐渐变成了大家共同的宝藏。还有不少人也发现了谷雨之前记录的那些点滴，觉得谷雨是个很可爱的人。

这么可爱的人，怎么舍得只做网友呢？

苏焱一向是喜欢主动出击的人。

不管是一开始的 PK 连线还是后来选到同一门选修课，从来都不是巧合，而是苏焱的刻意为之。

12

“滴滴，滴滴，滴滴——”

三火：“今天在校外吃了一家很好吃的尖椒兔，下次一起去吃吧。”

三火：“在干吗？”

三火：“今天打篮球吗？”

谷雨正在跑步机上慢跑，兜里的手机不断振动，他关掉跑步机，掏出来看了一眼，全是苏焱的消息。

尽管苏焱的好朋友非常多，每周都会和不同的人出去玩，但他还是坚持每天给谷雨发消息。谷雨的聊天框时常被苏焱分享的搞笑视频刷屏。

谷雨打字回复：“今天我们班要开团会，可能没时间。”

苏三火立马秒回：“那明天呢？周末呢？”

谷雨思考了一下，突然意识到这周末是自己的生日。

小雨：“周末再说吧。”

谷雨从小就不喜欢一大堆人围着他过生日。大一的时候室友和他一起庆祝过，但当时才开学，大家都不算熟，也没有特别能活跃氛围的人，整顿饭吃得很尴尬。

不过，谷雨还是很感动的，只是他并不擅长说感谢的话。后来相处中他经常避免和室友一起行动，就这样，大家也都逐渐疏远了他。

儿时关于过生日的记忆也不太好，明明自己是寿星，却还要被一堆大人指挥着表演才艺。

谷雨有次犟着不肯唱歌，被一个远亲教导“不要扫大家的兴”。

虽然已记不清那人的脸，但那一句话到现在都时时提醒着谷雨：要随时察言观色，要乖巧，要嘴甜……这样才能讨人喜欢，不让大家“扫兴”。

谷雨叹了口气。今年的生日可能也和去年一样吧。

去年除了家人的生日祝福，他只收到了银行的祝福短信。

谷雨家远在一千多公里以外的东北，由于路途过于遥远，他只会在假期回家。谷雨平时也很少和父母联系。

在遇到苏焱以前，他已经习惯一个人过生日了。

所以今年也自己在家庆祝就好了。

“滴滴——”

手机提示音打断了谷雨的回忆。

三火：“小雨，周六赏脸看个电影吧，我之前叫的朋友临时有事不去了，我不想自己去看。”

紧接着苏焱还发过来一个哭丧着脸的小猫表情包。

周六正是谷雨的生日。

谷雨忍不住想，为什么偏偏约到自己生日那天，是巧合吗？还是……苏焱想悄悄给自己庆生？

他从来没告诉过苏焱自己的生日。

应该只是凑巧吧，谷雨心想。

他一向不敢对任何美好的事情抱有期望，因为只有这样才不会失望。

不过，不管是不是巧合，只要能和苏焱在一起，生日那天就会很开心吧？

谷雨低下头，认真地回了消息：

“好，那我陪你去。”

13

周六中午十二点，谷雨在校门口看见了冲他招手的苏焱。

苏焱今天戴了鸭舌帽，黑色工装裤配马丁靴显得腿十分修长。

谷雨看着苏焱帽子下压着的刘海瞪大了眼：“你剪头发了？”

“你猜？”苏焱眨眨眼，接着偏过头给他看自己鼓鼓囊囊的后脑勺，“我把头发塞进帽子里了。”

谷雨舒了口气：“没剪就好。”

“我真帅啊。”苏焱举起手机屏幕端详着自己，“我都要爱上自己了。”

谷雨沉默。

苏焱：“怎么不说话了，被我的美貌震慑到了吗？”

谷雨熟练地捧哏：“是的你太帅了。”然后忍不住“扑哧”一声笑了出来。

苏焱看上去心情很好：“为了庆祝今天你主动夸我了，看完电影请你吃一顿好的。”

谷雨：“你就是自己想吃了吧。”

苏焱：“请不要戳穿我，谢谢。”

两人去看的是一部重映的文艺片，谷雨看得眼眶泛红，使劲把眼泪憋回去。

转头一看，苏焱仰头睡得十分安详，嘴角还挂着一串哈喇子。

谷雨：……

直到散场谷雨才把苏焱叫醒。

苏焱打着哈欠一边往外走一边问谷雨好看吗。

谷雨认真评价：“确实是经典之作。”

苏焱也故作认真：“我是问你，我好看吗？”

谷雨无语：“放过我。”

苏焱给了谷雨胸口一记“重拳”，熟稔地搭着人肩膀往外走：“走吧，等会儿吃饭的时候再跟你算账。”

14

HDL 火锅店是谷雨最不想去的地方。

过于热情周到的服务让他无所适从，只想在脑门上贴上“我自己也可以”的标签。

所以他和爸妈来过一次以后，就再也不敢尝试了。

苏焱却从进门开始就如鱼得水，轻车熟路的样子好像回家了一样，一边和服务员唠嗑一边带着谷雨往里走。

“不好意思苏先生，今天的包间已经预定完了。”服务员翻看着 iPad 说，“为您安排了比较靠里的位置，可以吗？”

此时的大厅内人来人往，大多数都是踩着大学生优惠的点来吃饭的同龄人，热闹非凡。

苏焱犹豫了一下，转头询问谷雨：“在大厅吃没问题吗？”

谷雨说：“没关系，你不是想吃这个吗，就吃这家吧。”

好在一切与人类交流的活动都由苏焱负责，谷雨只用负责吃，让他避免了许多麻烦。

苏焱是会员，服务员很快便送来了果盘。他又一口气点了很多菜，谷雨怕吃不完赶紧把他劝住了。

吃饭的时候苏焱很热情地介绍各种特色吃法，还不停给谷雨夹菜。谷雨面前不一会儿便堆起了一座小山，路过的服务员看见都忍不住笑了。

“不用给我夹了，你自己多吃点。”谷雨无奈地说。

苏焱吃进一口土豆粉，含糊不清地说：“我在吃啊！”

“好好好，咽下去再说。”谷雨连忙道。

隔壁桌突然响起一阵欢呼，服务员们推着餐车围了过去。谷雨好奇地回头看了一眼，他看见隔壁桌的人都站了起来，和围成一圈的服务员一起拍起了手。

“对所有的烦恼说 Bye Bye，对所有的快乐说 Hi Hi。

亲爱的亲爱的生日快乐，每一天都精彩。

看幸福的花儿为你盛开，听美妙的音乐为你喝彩。

亲爱的亲爱的生日快乐，祝你幸福永远！”

谷雨以前也在网上看到过别人在 HDL 火锅店的庆生视频，这是他第一次在现实中见到这阵仗，他由衷地替过生日的那位捏了一把汗。

这样的场合会让有社交恐惧症的人很紧张，谷雨一边庆幸自己不是隔壁的主角，一边又忍不住胡思乱想。

苏焱不会准备在这里给自己庆祝生日吧？这看起来太像苏焱会干出的事情了。

虽然不确定苏焱会不会这么做，但谷雨还是紧张了起来，嘴里的肉都变得不香了。

他忐忑不安地连喝了好几口水，抬眼撞上了苏焱探寻的目光。

“你不开心吗？”苏焱有些犹豫地问。

“没有啊。”谷雨眼神闪躲，夹菜的动作也有些局促。

“但是我刚刚问你要不要吃虾滑你都没理我。”苏焱委委巴巴。

“我只是……有点紧张。”谷雨坦白道。

苏焱追问：“因为人太多了吗？”

“不是，是我自己的问题，我不太适应……”谷雨低着头说。

苏焱有些愧疚。果然，在这里吃饭让小雨感觉不舒服了吧？

于是他又点了份捞面，服务员进来甩捞面的时候，苏焱要了双手套，说要自己甩面。

然后衣冠楚楚的大帅哥就套着围裙甩起了面，他动作笨拙，像个关节生锈的机器人，很是滑稽，手里的面还差点甩到自己脸上。

谷雨看着苏焱努力逗他开心的样子，无奈又感动地笑了。他笑起来的时候嘴角有两个小小的梨涡，很温柔。

苏焱看着他的笑脸，总算是舒了口气。

吃完饭后两人慢慢往回走。走出餐厅的时候谷雨终于确认苏焱没有给自己安排“生日宴”，彻底放松了下来。

原来苏焱今天约自己出来真的只是巧合啊。

谷雨一边低头走在路上，一边踢着小石子。

但是庆幸之余，又有一丝说不出的失落。

虽然早就做好了心理准备，也没有抱什么期望，但是……

他转过头看见苏焱的侧脸被路灯的光亮勾勒出温柔的曲线，谷雨在那一瞬间，很想告诉苏焱，其实今天是……

但他最终还是什么也没有说。

走到苏焱的公寓楼下时，谷雨主动挥手告别：“我回去赶作业啦，明天见。”

苏焱却一把拽住他的衣角：“等一下。”

“怎么了？”谷雨满脸疑惑。

苏焱一言不发，随后凑了上来，抬手捂住了谷雨的眼睛。

谷雨瞬间紧张起来。

片刻后，等到苏焱松开手的时候，谷雨看见了漫天烟花。

绚烂耀眼的光芒如同坠落的流星雨，随着巨大的声响不断绽开，下落，然后照亮了整片天空。

苏焱看着谷雨的眼睛也亮晶晶的，他的声音被烟花的声响所淹没，谷雨却读懂了他的口型。

“小雨，生日快乐。”

15

苏焱在半个月前就在准备给谷雨过生日了。

他知道谷雨是天秤座，生日应该就在最近，于是去谷雨的班上打听到了谷雨的生日。

苏焱叫了一大堆朋友帮他出谋划策，最终决定还是在家里给谷雨单独庆生。

为了这场烟花，苏焱和朋友跑遍了学校周边，才找到了放烟花的最佳位置。

在远处放烟花的朋友随时都等着他打电话，只要拨通就会帮他点燃。

烟花落幕时，谷雨的眼眶都红了。

第一次有人这么认真地为他庆生。

“惊不惊喜，意不意外？”苏焱笑得一脸得意。

“很惊喜。”谷雨抽了抽鼻子，别过头迅速擦了一下眼角的泪花。

“大寿星，不许哭。”苏焱伸出手指摁住谷雨的嘴角往上提，“笑一个！”

谷雨破涕为笑。

苏焱带着谷雨上了楼，虽然做好了房子被提前布置过的准备，但谷雨还是愣住了。

漫天绚烂的银河覆盖了黑暗，投影中金星的影像清晰而壮阔，让人好像一瞬间踏入了广袤无垠的宇宙中。

金星是天秤座的守护星，代表着希望。

苏焱趁着谷雨坐在沙发上欣赏星空投影的间隙，端出了插着数字蜡烛的蛋糕，在漫漫星河中对谷雨说：

“许个愿吧，小雨。”

16

要许什么愿呢?

六岁的谷雨第一次举手回答问题的时候，因为结巴被全班嘲笑，老师也不耐烦地让他坐下。

八岁的谷雨在舞台上呆站了三分钟，满头冷汗，说不出一句话，他在哄笑声中稀里糊涂地被老师带下去，老师还不停责怪他影响了演出进程。

十岁的谷雨在自己的生日宴上被一堆亲戚簇拥着让他表演才艺，他不愿意，被说不够大方。

十岁生日那天他许愿：希望有一个超级英雄能帮他打倒这些坏人，告诉他们每个人活着不是为了讨好别人的。

二十岁的谷雨闭上眼睛，许了人生中第一个只为了自己的愿望：

我希望能做我自己。

17

吹灭蜡烛后，苏焱一脸不安地看着谷雨："怎么样? 会不会觉得有点太幼稚了? 我朋友他们都说过生日还是热闹点好，但我觉得你会更喜欢在家里。"

谷雨垂着眼没有说话。苏焱有些紧张地凑近："不会不高兴了吧? 在吃饭的时候是不是以为我不知道你的生日……"

一勺奶油突然抹到了苏焱脸上。

谷雨笑得眉眼弯弯，脸上满是恶作剧得逞的开心。

"居然敢搞偷袭！"苏焱毫不示弱地抹了回去。

他们在沙发上扭打成一团，努力把奶油糊到对方身上，等到两个人都精疲力竭时才停下来。

看着对方脸上东一块西一块的奶油，两人不住地大笑起来。

笑到最后谷雨肚子都笑痛了，他靠在沙发上突然开口说："谢谢你，三火。"

苏焱不解地眨眨眼。

谷雨认真地说："这是我过得最棒的生日，没有之一。"

18

"谢谢草莓大福送的火箭，接下来请我们的重量级嘉宾登场！"

"当当当，为大家介绍一下我的新搭档——和我同城的知名健身博主'下雨了'。"

苏焱穿着花衬衫冲镜头热情地招手，他旁边坐着穿着可达鸭睡衣的谷雨。

"大家好，我是'下雨了'，知名'社恐'健身博主。"谷雨脸上带着略显腼腆的笑。

"你现在还是'社恐'吗？"苏三火揽着他肩膀问。

"还在努力学习社交中，三火老师。"

"不错不错，孺子可教也。"

"是您教学有方——"

"别揶揄我了，要折寿的！"

两人的影子在墙上交错，灯光和夜色萦绕在欢声笑语中。

19

和选修课老师"抬杠"的那天，苏焱站在教室门口守株待兔，谷雨匆忙冲出教室的时候差点撞到他。

苏焱一抬眼便撞上那双清澈透亮的眼睛。

尽管只有短短一秒，却也足够惊艳。

从那时候他便想，这双眼睛笑起来会更漂亮吧？

他绝不能让这一眼成为转瞬即逝的烟花。

他要把这一刻长久保存。

END

She jiao Kong ju zheng

C H U N
THE ONLY ONE
帅气桀骜街舞网红
温润古典舞大神
春江面目平静，见自己上了大屏幕，
对着观众弯眼一笑，台下掀起一阵惊呼尖叫。
H U A Y

春江花月夜

华越野 × 春江

文 ▶ 穆戈

春江花月夜

✦文/穆戈✦

上辈子是鱼，愿望是鱼界和平大富大贵！

01

最近网上不太平，舞蹈圈和电竞圈竟撕起来了。

骂战最早起于一个月前，一位退役的大热电竞选手，被曝出要去一档舞蹈竞赛综艺跳街舞。这位曾经的电竞圈明星级选手就是华越野。

消息出来前，没人知道华越野三个字和舞蹈能有什么关系，粉丝甚至都不知道他会跳舞，还到了可以上竞赛综艺的程度。

记忆中这位明星级电竞选手唯一和跳舞有关联的事情，就只有今年他在退役赛上，赢了比赛之后当场起身，朝对手跳了一段宅舞，这一举动直接刷上热搜。

消息出了之后，粉丝一帧一帧地去扒退役赛上那几秒钟的宅舞视频，试图确认他的舞蹈功底。

华越野今年退役时才二十三岁，照他的状态，再打两年职业赛是完全没问题的。但他说退赛就退了，据传战队还把签约费抬高了一半去留他，但没留住。有人问华越野退役的理由，他说钱赚够了，觉得职业赛没意思了。

电竞圈都知道，华越野不喜欢电竞。他有个著名的采访躺在每个黑粉的网盘里，有人问他为什么打电竞，他直言："比赛奖金高。"

也有粉丝问，那他喜欢的是什么，华越野却说："还没找到，所以先随便赚赚钱。"

要说华越野这人吧，可能是"事儿精"转世，到哪儿都跟花孔雀似的招摇。刚开始打职业赛时也被人嘲讽，说他是"小白脸"、网红。他当场就把那几个黑粉喷得禁言三天，不是黑粉被禁言，是他被平台禁言，因为他骂得太狠了，还差点被取消了比赛资格。

而后第一场职业赛，华越野就拿了全国冠军，然后参加了国际赛。虽然那次输得挺惨的，但战队第二年就拿到了国际赛冠军，打了黑粉的脸。

这次华越野和舞蹈圈的梁子结下了，但到底最后哪边会被打脸，粉丝也不知道。

舞蹈综艺官宣之后，华越野的粉丝就在他直播时，开始疯狂给他科普节目的导师阵容。

这是个混舞种的舞蹈综艺，有古典舞、芭蕾舞、现代舞、国标舞、街舞等多种舞蹈类型。导师也请了五种方向的舞者，按战队划分进行比赛。

其中一位导师叫春江，是古典舞的殿堂级人物。春江虽然在导师中年龄最小，才二十八岁，但已经是国际知名的舞蹈大家了。

介绍春江的粉丝特别多，春江人气高，以"舞仙"二字闻名，他的长相、身段、舞姿都仙气飘飘，本人国民度极高，但他从不参加电视节目，这是头一回，粉丝和路人都挺激动，直呼神仙下凡了。

华越野在刷屏的评论中点进去看了一个，内容是春江早期的舞蹈视频。

他安静地看了十几秒后，道：“这么软的舞有什么好跳的。”

他正在直播，当天的直播还因为之前两个圈子的互撕事件，观看人数涨到了千万。

十分钟后，# 古典舞，软 # 的词条就上了热搜。

华越野看的是春江的“桃李杯”金奖舞蹈，跳的是昆舞，偏女装扮相。

古典舞圈地震了。

华越野说的可是春江！春江！

若说学院派舞者中也存在食物链，那春江绝对是站在顶端的那位——两届“桃李杯”金奖得主，16 岁就以《高堂明镜悲白发》获“荷花奖”金奖，18 岁以《蓬蒿人》获“荷花奖”舞剧特别奖、最佳编导奖、最佳音乐奖和最佳男主角奖，同年成为中国歌剧舞剧院最年轻的首席，并创立个人舞蹈剧《一沙》。

春江是天才的古典舞舞者，19 岁在意大利以一段《赤壁赋》惊艳了大家，被国际评委和观众评价“惊为天人”，首次突破了以芭蕾舞和现代舞为主导的国际评价体系，将中国古典舞带向了世界。

业内评价五十年才出一个春江，这个评价直接将春江定为了当今古典舞第一人。

国内外无数的重大赛事邀请春江担当评委，他都拒绝了，他从不参与跳舞之外的事，一直专心地做古典舞剧场巡演。

这样一位远离世间喧嚣的殿堂级艺术家，难得下凡来参加节目，居然被街舞选手骂“软”。

整个古典舞圈都愤怒了，纷纷指责华越野的粗鄙无知和低俗审美，昆舞是从曲艺演化来的，跳的是“意”，由“意”带动身。华越野毫无传统文化鉴赏力，连带着古典舞圈对街舞圈的鄙视更甚。

硝烟弥漫间，节目开播了。

播出第一天，节目就把战火升了个级！

这位粗鄙无知对古典舞大神出言不逊的跨界街舞选手华越野，在初试舞台上，展现完他惊掉人下巴的街舞实力后，没能被街舞导师成功抢下，而是被古典舞大神春江收进了战队。

并且整场初试，春江只对华越野一人，拍下了选择的按钮。

事情变得诡异起来。

02

这件事最迷惑的不是吃瓜观众，而是华越野自己。

他跳的是街舞，跟古典舞根本不是一个舞种，春江笑盈盈地把他抢到战队时，华越野是蒙的，被主持人问到感想，他说了句："我有点蒙。"

就是四个字，让骂战升了级。

华越野觉得这句不能赖他，一个古典舞的导师选他这个跳街舞的学员，他蒙了不是很正常的事吗？

初试共有四十组不同舞种的舞者，每组有一分三十秒的演出时长，加上导师大秀，总共要录两天。

华越野自带流量，导播特别叮嘱摄影师多拍他的 reaction（反应），但他显然辜负了导播的期待，两天里他对所有表演没有一句评价，表情都很少。

后采问他，他嘲讽道："我一个三流跨界的选手，哪配给诸位专业前辈 reaction。"

华越野是倒数几个上场的，因为之前的种种事件，他让这节目未播先火了，主持人特地介绍了他，后期还把他那句"这么软的舞有什么好跳的"剪了进去。

主持人介绍完，所有人看向春江，导播还把春江切到了大屏幕上。

春江面目平静，见自己上了大屏幕，对着观众弯眼一笑，台下掀起一阵惊呼尖叫。

春江没在意这茬，耳麦里导演火烧眉毛不断催道："春江老师，您必须得选人了，现在只剩六个选手还没表演，每个战队规定有六组选手，您这看了两个晚上，一个人都还没选呢！"

春江不讲话，在座位上默默地绷脚背，为之后的队长秀做准备。

导演更急了："您现在不选，之后也得从轮空的选手里挑出六组来，那都是其他导师挑剩下的了！"

春江下半身轻微离开椅子，只用脚背撑起整个身体，看着没有任何移动，保持几秒后，春江温和道："嗯，最后我一个都没选的话，什么结果我都接受。"

导演松了口气，就怕这位不食人间烟火的导师突然罢演，他惭愧地问："这次参赛的古典舞和民族舞选手也不少，您的挑选标准到底是什么呀？"

春江没回答，导演也没再问问题了。春江这才听到一旁的街舞导师在讨论即将要上场的选手："从没在街舞圈听过这个人，打游戏很出名吗？我不怎么打游戏，网红来了也没用，还是得看本领。"

待华越野上场后，全场响起了最大的呼声，还有各种颜色的应援亮起。芭蕾舞导师跟旁边的春江小声说道："人挺漂亮的。"

芭蕾舞导师是旧金山芭蕾舞剧院的首席，那是全球最好的芭蕾舞剧院，他人快四十岁了，身材依旧保持得完美。他说的漂亮不是指脸，而是指身体条件，身高条儿顺，手长脚长，像芭蕾舞、古典舞这种学院派舞蹈，对身体素质是极其看重的。

春江附和了一声，反应不大。手长脚长华越野是有了，但穿着衣服也看不出线条，春江眼里出现专注和兴致，是在看到华越野跳舞之后。

华越野跳的是 Krump（狂派），倒和他的那张偶像剧男主脸形成了反差，这么狂放野性的力量型舞蹈，在他身上却显示出了利落的美感。

他刚开始跳一个八拍，导师们目光里的敷衍就消失了，他们知道这功底绝不是花架子能跳出来的。

选手中跳狂派的非常少，狂派在舞台上不讨好，大部分街舞更注重技巧和音乐性的融合，亮眼的招儿多，而狂派更注重情绪宣泄，像用身体咆哮，招不多，容易显得笨重。

但华越野跳得出人意料的好，力量、控制、流畅性，每一个动作都做到了极致，干净利落，框架非常好看，没什么炫技的招儿，胜在动作极有质感。

动作做到位，做到完美，在专业人眼里是比招儿高明得多的东西，狂派一旦做到位了，就是暴力美学。它跟芭蕾舞是有渊源的，某种程度上比其他的街舞更接近学院派舞蹈，但大部分狂派舞者只做到了暴力，而摸不到美感，华越野却可以。

他满场狂冲，将四面八方的观众都照顾到了，中间穿了一段帽子戏法，粉丝被震撼了，尖叫声掀翻了天。毕竟这位能靠脸吃饭的哥哥打电竞虽然猛，但电竞是一直坐着的，谁能想到，有一天能看到华越野真人这么猛地冲在眼前啊！

一分三十秒结束后，华越野两个膝盖砸在地上，朝观众做了个抛枪 ending——这是他打电竞时常用英雄的武器，周围还响起了 Victory（胜利）的游戏音效，气氛被拉满，台下观众们又嗨了。

这段被表演黑粉拿来嘲讽，说他应该撇清电竞选手的身份重新来过，不是说自己刚吗？那放什么电竞彩蛋。

后来问到时，华越野嚣张道："我有人气干吗不用，蹭自己热度不犯法吧。”

观众尖叫完，导师席间有七八秒的安静，不是没话说，而是最该发言的街舞导师没出声。

直到其他导师都看向他，街舞导师才问：“你跳舞多久了？”

华越野的基本功一看就是没落下的，他这几年打游戏的同时也必然有在持续练习，不然不可能保持这种水平。

华越野：“六岁开始的。”

台下惊呼起来，六岁，那是童子功了。芭蕾舞导师应道：“难怪，看得出你的基本功很好。”

华越野：“哦，不是正经学的，就是跟着街上捡报纸的大爷跳的。”

观众们笑了起来，显然当玩笑话听，街上随便碰上个捡报纸的大爷是舞蹈高手的概率能有多大？

华越野的粉丝却红了眼眶，华越野是个孤儿，儿时为了生计什么活都干过。她们相信真有这么个捡报纸的扫地僧大爷，因为华越野是绝对报不起舞蹈班的。

街舞导师的脸色不好看，不管华越野说的是不是玩笑，这话都有点打脸，好像随随便便就能练到这水平。

几个导师分别夸了一通，到春江了，大屏幕立刻切到他，毕竟两人的矛盾是节目的看点。

春江却只是问了一句：“会其他舞种吗？”

华越野：“不会。”

春江：“街舞也只会狂派吗？”

华越野看了他一会：“会一点 Popping。”

春江点头：“来一段。”

众人讶异，这还是春江两个晚上头一回对选手进行加试，可这是个街舞选手啊。

音响师放了 Popping 曲，华越野听了片刻，开始 freestyle，上来就是胸连震，Pop 很大，全场沸腾，他的关节和肌肉灵活得惊人，仿佛每寸骨头都能被完美控制，再小的 beat 都能卡上，“会一点”显然谦虚了。

曲子带一点雷鬼元素，华越野随着音乐插了一小段雷鬼舞。国标舞导师兴奋了，雷鬼算街舞里的拉丁，她是跳拉丁起家的，之前也有男爵舞者上来扭腰顶胯，度很难把握，要么跳得偏女爵，要么太造作，但华越野跳完全不会有这种感觉，体现出了男性的性感，身体线条控制得极好，味道甚至比一些专业的拉丁男舞者还要正。

一分钟加试结束，场子又快嗨翻天了。

国标舞导师大肆夸了一通，怂恿街舞导师收人。虽然按赛制要选人，但五个导师舞种不同，隔舞种如隔山，只要不被淘汰，选手一般都会进相同舞种导师的战队。

但诧异的是，街舞导师没要，而是鸡蛋里挑骨头地指出了三五个问题，说想再往后看看，他本来没打算要 Krump 选手，花样太少，跳作品有局限性。

这个决定显然不合理，谁都能看出华越野能完胜已入选街舞战队的选手。这一出是街舞导师准备给眼前这个猖狂的年轻人一个下马威，等到轮空选人环节再把他选回来，就是让他丢个脸，塑造被挑剩的无能形象。

华越野沉默片刻，说道：“这叫花样少？你把你队里选了的四组都叫出来，我们现场 battle（对战）。”

众人哗然，观众席又嗨了。

街舞导师沉着脸，没想到华越野敢当众这么驳他的面子，他混街舞圈时，华越野还什么都不是。

没等到回答，华越野又道：“要么叫他们出来，要么你下来。”

起哄声越来越大，其他导师也惊了，坐在这儿的导师都是世界级资历的，一个跨界新人竟敢直接挑衅。

导演一边疯狂收素材，一边朝华越野疯狂比指示板：Stop。

华越野没有理。

现代舞导师看不过去："华小友，比赛有比赛的规矩，郭导师要你等自然是有他的考虑，我相信他最后一定会做出公平公正、有利于战队的选择，你少安勿躁。"

国标舞导师和芭蕾舞导师也跟着打圆场，要华越野冷静，下去等结果。场面已经很明显了，节目组在通过导师给他施压，要他吃下这个亏。

华越野倔强地杵在那儿没有动，与生俱来的骄傲让他无法向眼前的场面妥协。就在节目组准备打断录制时，全场突然亮起了华丽的环绕式 LED 特效，这个特效是导师的复活键，整个赛季，导师只有三次复活机会，是后期战队之间 PK 淘汰队员时的救命法宝，但在初试选人时是毫无作用的。

节目组吓了一跳，是有导师按错了吗？

紧接着，又是两道同样的环绕 LED 特效出现，是同一个导师按的，红色，中国红，特定舞种导师的战队颜色，他的三次复活机会，在顷刻间全都使用完了。

所有人都看向手还放在复活键上的春江，只见他按下选择键，全场灯光暗了下来，一道金色纹路从他的导师席蔓延至华越野脚下。

春江："华越野，我真诚地邀请你加入我的队伍。"

饶是经历过大风大浪，华越野那天还是被震撼到了。

春江浪费这三次复活机会，只是为了向他表达，你是我的第一选择。

华越野就是在当下被主持人问到感想时，才说出了那句"有点蒙”。

他脑子里印刻着那三道震撼的LED红色特效，眼前是位于金色纹路终点的春江，那一刻，他回想起了春江跳舞的视频，那句“我有点蒙”，实在是无心之口。

//////03//////

但凡华越野当时脑子是在线的，都不该答应进古典舞队。

节目组也很迷惑，本来打算在轮空选人环节让华越野进街舞队，春江却横插一脚打破了所有安排，街舞导师的脸黑到了录制结束。

更让人感到迷惑的是最后被春江轮空选回来的五组古典舞选手。

其中有个舞蹈学院毕业的，叫陈墨，当过“桃李杯”领舞，刚进了歌剧舞剧院，是春江的直系师弟，和华越野同龄，在同辈中是古典舞的天之骄子。

他向春江发问：“您的选人标准是什么？为什么要牺牲三次复活机会选一个街舞选手？您觉得这样对我们公平吗？”

他就差把“这个人到底哪里入您眼了”直接问出来了。

别说他了，华越野也挺想知道的。

春江从导师席走了下来，选手脸色变了，这可是他们古典舞的神，平常只能在课上一帧帧扒他的舞蹈视频，现在居然离得这么近，近到会拍他们的肩安抚他们。

陈墨还算淡定，但飘忽的目光也出卖了他。

春江挨个和他们握手，而后停在华越野面前。

华越野发现这个人太轻盈了，不像走过来的，像飘过来的，仿佛风一刮就被吹走了。

春江朝他伸手，非常礼貌的握姿，华越野盯着这只白玉般的手，有点不适应，太文明了。

他活了二十三年，交过的手，要么是黑心老板塞给他的被克扣过的童工钱，要么是校外混混的滋事推搡，要么是电竞场上的明暗较劲，要么是粉丝抓破他手的贪心，要么是合作方心怀鬼胎的老道。

他的生命里没有出现过这么一只手，如此礼貌，满含中式文化的含蓄和克制。

华越野看了一会儿，握了上去，握住的瞬间，他惊愕了，这不是白玉，这只手粗糙至极，像几十把剃须刀在拉他的掌心。

他也是舞者，他知道这样一只手是怎么来的。他能一眼窥到春江的前二十八年，那必然不是飘过来的，而是火里蹚过来的，多少锤炼才能锻出这么粗粝的掌心。

他觉得春江轻盈的念头瞬间没了，他觉得春江很重，非常重，像五指山那么重。

小时候华越野跟九爷看武打片，讲高手过招，通过一个握手就能知道对方的底子。

他信了，这个不足一秒的握手，让他仿佛体会了孙悟空面对如来的压力。

而春江只是如此轻地搭着他，放任他的窥探，没有一丝施压。

这个人的心很大，能包容一切的大。

一直到春江将手收了回去，华越野还沉浸在瞬息的感受中，接着就听这位文明礼貌含蓄克制的“如来”问他：“你能脱衣服吗？”

华越野：……

春江：“只脱上衣就可以。”

华越野：……

华越野木着脸把上衣脱了，来自观众席的惊呼声一浪盖过一浪。

春江盯着他的上身，似乎是在一寸一寸地品，头也不回地问：“丁老师，您的身体和他比呢？”

芭蕾舞导师笑笑，摇头道："比不了。"

选手和导师都愣了，丁老师被称为芭蕾界的大卫，是以雕塑般完美的身材闻名的，他的身体是业内所有舞者的标杆。

这样一个标杆，说他比不过一个跨界跳街舞的，谁听了能相信，要知道街舞对身体条件的要求远没有学院派舞蹈的要求高。

春江："身体是最基础也最高级的表演素材，男舞者中像他身材像他这般匀称，线条这般完美的，乃是我平生仅见，这不是单靠练就能达到的，这样的身体，一出生就具备了突破舞蹈天花板的素质。

"你们可以随意截取他舞蹈中的任何一个片段，他的定格动作都是完美的。

"华越野，你跳舞好看，学舞快，与你得天独厚的身体条件分不开，有些人一辈子都触不到的最佳舞态，你一出生就刻在那儿了，造物主想必非常爱你，你是他玻璃窗里最美的一尊雕塑。"

全场屏息，录了两天，还从没听春江神仙一口气讲这么多话。

春江的解释让质疑的选手们都闭了嘴，学院派舞者最明白身体条件的重要性，没有先天优势，后天再努力也只是在尽力触摸上限，而不可能拔高上限。

只有陈墨不甘地问了一句："您看上他，就只因为先天优势吗？"

春江反问："你觉得他一出生就是现在这样的吗？"

陈墨一顿，不说话了。

春江："先天优势再好，一个婴儿也不可能凭空变成大卫，那是魔法。他不是专业学舞的，恰恰证明了他的毅力，证明了他是如何十年如一日地坚持塑身的。这样的身材，一丝纹理变化都可能破坏整体，他对身体的控制必然是极致的，常人所不能及。"

芭蕾舞老师点头，他最清楚这四十年为了保持身材自己过的是什么生活。

没人再有疑问，导演组都觉得自己被说服了，华越野就该被春江带走。

春江蹲下身，捡起被华越野丢在地上的上衣，双手递给他，笑盈盈地问：“华越野，要来跳古典舞吗？”

第一期节目就停在这里，停在华越野冷漠地夺过上衣后，缓缓说道：“不跳。”

04

导师大秀开始录了，第一个上的是春江。

华越野在台下，脸色不太好看，春江那能叫夸吗？合着他跳了半天，被看上的只是个工具身材，今天就白干呗。

而且春江讲的话，他都从另一个人嘴里听过，他刚刚差点以为那老头诈尸还魂了。

九爷捡到他时，就说他的身体条件得天独厚，要把他塑造成一个身体怪物。九爷最常挂在嘴边的话就是，华越野不是他捡的孩子，而是他捡的器皿。

这么多年来，他都按照九爷的食谱和锻炼方式严格管控自己，别说赘肉了，就是一丝肌理变化都极少。九爷的眼睛比核磁共振还可怕，哪怕偏离一条肌理都能看出来，如果他做不到就是一顿打，打坏了几条肌理，都得练回来。九爷倒是从来不饿着他，严格按照食谱，他每顿都得吃，而且每顿都是一样的量，像个变态。

一开始倒也不觉得苦，有得吃就该感激涕零了，哪敢挑食，他还觉得伙食不错。觉得苦，是经济相对自由之后，他无论看到多美味的东西都不能吃，无论多疲惫，一天都不能偷懒。

他的生理习惯其实养成了，并不难捱挨，只是好奇，太好奇了，他有回憋不住，去米其林餐厅吃了一顿，回去就吐得昏天黑地，第二天又拼死把身体又练回来了，精确到每一丝肌理，那一刻他发现，他已经是“变态”了，九爷的器皿炼成了。

老头寿终正寝前，把他摁在立好的碑前，要他发誓，一辈子都会按照他的食谱吃，按照他的方式练，身材不能偏离一丝一毫，不然就发不了财，天天破产。

他一直遵守着，这个誓太毒了，他穷怕了。游戏打得再忙，每天两小时运动雷打不变，战队配的营养师他从未用过，只恪守老头的食谱。

老头是个舞痴，给过他选择，问他要跳什么，他说，就学第一次遇见你捡报纸时你跳的那个舞，老头没说好，也没说不好，他就这么学了 Krump。

九爷倒是从不反对他从事舞蹈以外的工作，只要求他无论做什么，都要极致地管理身材，让它永远停在舞者的最佳状态，这样，无论何时想从头开始都可以。

九爷说：“老天给了你舞蹈的壳子，却没有给你舞蹈的灵魂，你对它没有欲望。”

他那时不明白什么叫从头开始都可以。长大后，当他发现自己很容易学习一个舞种时，他明白了，明白之后反而抗拒学新舞种了。他下意识地想把这个从头开始的能力存起来，就像他任由九爷的坟头草疯长，盖过九爷的碑，直到他去那块地方完全认不出碑在哪儿那样。

老头咽气前告诉他：如果有一天，他钱赚腻了，觉得无趣了，就去找他的根，去找舞蹈，去从头来过。

退役后，他来了这个节目，他一点都不想听老头的话，他只是好奇，只是感到无趣。

没想到在这里碰到了个“老头二号”，他都想跑了。

春江换了一身素白的长袍，往舞台上一站，被追光一打，本来思绪纷飞的华越野也不由地专注起来。

春江走上台的两步就已经入戏了，舞叫《一沙》，是春江个人舞蹈剧场里的独舞选段。

这一分半的时长，没有炫技，全程行云流水般。华越野发现自己无意识地屏息了，结束后才反应过来喘气，其实刚才春江跳的全都是大招，云里前桥、吸腿翻身接挂点步翻身、小回轮儿、摆腿紫金冠……

一些舞蹈水平很高的大家是能在观感上把技术消融的，只有直观的舞性。单这一点，春江就和大部分舞者拉开差距，已然越过了用舞技去托舞的境界，他就是舞本身。

这么近距离地看，华越野修正了对古典舞“软”的认知。不说古典舞技术需要用到的力量，春江的肌肉不会比跳 breaking 的弱，气质上也是出尘，有一种超然的阳性美。

他很难形容春江的身韵，那个东西只能看，只能体会，一般人跳不出来，没人能把一颗太阳、一阵风、一座山、一种文化跳出来，但春江可以。他跳舞时，身韵是有气的，观感是有重量的，他觉得他的眼睛通过春江的舞蹈在承接一些有重量有形态的东西，不是故事，不是诉说，只是舞性。他进入的是另一个纯观感的舞性世界，这和以言语还有叙事为主导的现实世界截然不同。

这是老头以前常叨叨的话，他压根不明白，也没有兴趣，根本没记在心上，但是他看春江跳舞时，这些话突然就一字不差地出现了。

华越野明白粉丝为什么把这人吹到天上去了，这人还真就该在天上，老头要是看到，该把人砸晕绑回去关着了。

他知道自己为什么不自觉地屏息了，这是怕春江跳到一半飞走了。

是该把春江绑回去关着。

后面四个导师的个人秀，华越野没怎么看，脑子里全都是春江。

舞蹈综艺的第一期爆了，那一小段《一沙》被各大视频账号转疯了，《一沙》巡演的剧场票更是在节目播出后半小时售罄。春江的知名度虽高，但太少出现在公众视野下，这次惊艳现身引起很大的反响。网友纷纷问节目组到底开出什么条件把春江骗来了，内部人士爆料，春江这次来，一分钱通告费都没要。

第二个出圈的，是华越野的初试视频，也被转疯了，粉丝扬眉吐气，吸来一大堆新粉。

下期录制是组内 PK，同一个导师队内的学员，两两组队，用同一段舞曲 PK，败者淘汰。

春江组除了华越野，全是跳古典舞和民族民间舞的，彼此音乐契合度高，而华越野分到的对手是一位民间舞者，跳蒙古舞，音乐是春江定的，华越野要用蒙古舞曲来跳 Krump。

乍看两个舞风格上有相近的粗犷，其实千差万别，舞曲鼓点完全不同，根本不契合，但华越野一意孤行，不换舞种。

他在这个战队也格格不入，春江对他偏心，是明晃晃地给他树敌。古典舞选手们不止一次看到他们古典舞的神春江满怀热情地邀请华越野学古典舞，手把手演示，告诉他适合跳哪种古典舞，给他介绍民间舞和 Krump 的共性，还亲自给他挑汉唐舞的民乐。

这可是一对一大师课，但那个跳街舞的从头到尾臭着一张脸，虽然每句话都听，听的时候还会直勾勾盯着人家，但春江要他学他从来都拒绝。

这些都被镜头剪进去了。

节目播出后反响两极分化很严重，一派心疼春江，觉得华越野不识抬举；另一派认为春江道德绑架，“人有自己的喜好，为什么非逼跳街舞的学古典舞？”

古典舞圈和街舞圈更是争执不休，华越野的街舞实力摆出来后，街舞圈迅速接纳了这位跨界新人，国内跳 Krump 的太少，难得出个 Krump 大佬，街舞圈哪肯他被古典舞圈挖走。

华越野的粉丝更偏激，说要组队去堵春江，让他把华越野还给街舞战队。这件事起因是街舞导师发的一条意味不明的微博，暗指如果当天春江不抢人，轮空环节他是会把华越野选回来的。

古典舞圈反击：“真当互联网没有记忆，初试是谁让华越野下不来台的？现在马后炮知道要人了？要不是春江选他，节目组指不定怎么剪呢。再说春江是什么人，宗师级的舞蹈家，犯得着巴着一个跳街舞的吗？华越野是不是真适合街舞，他在古典舞上会不会有更高的造诣，你们一个个是比大师还清楚吗？耽误他的人生你们负责吗？”

硝烟弥漫间，有一块地方倒是岁月静好——两人的超话里，粉丝剪了许多两人的互动画面，刷的最多的，是组内 PK 的部分。

组内 PK，春江夸了蒙古舞选手，指出了一点问题，对华越野只有批评：衣服出戏，意境不合。一句接一句，把华越野说得脸色很难看，节目组都愣住了，生怕华越野下一秒就罢录了。

结果春江淘汰的是蒙古舞选手。

这个结果让人难以接受，批评了华越野半天，却让另一个走了，这是在玩呢？

蒙古舞选手发出了质疑，春江温和道：“现在放一段街舞音乐，你能跳蒙古舞吗？”

蒙古舞选手一愣，梗着脖子道：“能！”

春江便真让音响师放了一首 Krump 曲，蒙古舞选手根本没想到要在现场用街舞音乐 freestyle 蒙古舞。他勉强顺完了音乐，能看出卡顿不畅，动作也没展开几个，但毕竟街舞和民族舞是两套音乐系统，民族舞更依赖民族音乐特性，更何况还是 freestyle，跳成这样不错了。

但跟之前用民乐跳 Krump 的华越野一比，就没法看了。

台下有人议论，华越野又不是 freestyle，给蒙古舞者更多时间编舞，自然会跳得更好。

春江道："华越野编这套舞，用了一分半。"

蒙古舞选手一愣。

春江："嗯，就是这首音乐的时间。"

"他今天在舞台上跳的所有动作，是他第一次听音乐时顺下来的，我看着他编的。"

全场哗然，这不就是说，华越野也是 freestyle，完整度还这么高。

春江："但他完成这个舞花了三分钟，也就是两首曲子的时间。最初那版是纯 Krump，不太契合音乐，第二遍放音乐时，我跟他说了一句话，他就跳成今天这样了。我说，把你的 BPM（拍子数）放慢三分之一。"

选手沉默了。

内行明白，曲子不配，容易抛掉音乐性跳快跳乱，华越野跳慢，卡的不是 beat（节奏鼓点），卡的是律动，才使得 Krump 契合了蒙古曲，这是极难的。

春江在向所有人宣告华越野的舞蹈天赋和领悟力，对音乐的敏感度和可怕的适应性，对身体的高控制力，以及跨舞种的高可能性。

陈墨："春江导师，比赛应该看当场表现，华越野就算天赋好，不代表他这场跳得更好，仅以这场表演，他哪里赢了小武？"

华越野翻了个白眼，嘴动了动。

观众一经提醒，也有了同样疑惑。

春江沉默片刻：“你们两个，把 c 段的前四个八拍再跳一遍。”

蒙古舞选手憋着一股气，技术跳得比之前还到位，停下时，他瞥了眼旁边简单收尾的华越野，更坚信了自己没有输。

春江问：“看明白了吗？”

导师席的表情都一样，陈墨脸色难看，放下了话筒，蒙古舞选手一脸蒙，看明白什么？

春江还没开口，华越野先不耐烦了：“你杂耍呢？”

蒙古舞选手一愣，华越野没给他开口的机会：“四个八拍里你塞了几个大招？有衔接吗？孙悟空架筋斗云都没这么翻的，这么急着炫技，马戏团准要你。”

台下传出笑，蒙古舞选手的脸色红转绿，绿转黑，满面难堪，浑身都抖了起来。

春江：“我常说一句话——舞蹈的技术非常重要，是基石，但你若只有技术，等于你什么都没有。”

“你的技术非常好，是年轻一辈中少有的好，但技术不是舞性，也代替不了舞性，这首先得是个舞，我们才能评判舞技，哪怕街舞也是有舞性的，流畅度、衔接性、美感、情绪、动作是流动的，你回去可以看一下回放，对比一下，华越野的舞性就很好，他在最狂放的时候，依然保持着独到的流动和美感，这个是日积月累的，不是一朝一夕的东西。”

什么叫杀人诛心，观众见识到了，批评就批评了，还带拉踩，不愧是春江。

春江眉目平静：“我们是舞蹈节目，不是古典舞节目，该探索的是舞蹈的极限，而不是古典舞的极限，我执着于古典舞，只是因为古典舞是我舞蹈的极限。”

这话被剪进了预告里，疑似回应网上的言论，也拔高了节目的立意。

在蒙古舞选手难堪下台前，春江又从导师席下去，走到他面前，双手递出一张名片："不知道你对我的剧场有没有兴趣，我正在招一个技术好的 b 角，如果你感兴趣，可以来试一下，你舞蹈上的问题，我会亲自指导。”

蒙古舞选手傻眼了，其他选手也傻眼了，做春江的 b 角，还亲自指导，这不比在这破舞蹈综艺节目拿个奖含金量高得多？

蒙古舞选手难以置信地接下了名片，春江抱住他拍了拍，蒙古舞选手哭了。

观众鼓掌，主持人煽情，导师席吃瓜，同组选手羡慕嫉妒地祝福，就华越野臭着脸一声不吭地看着两人在他跟前师徒情深。

华越野眯起眼，半晌，出声了："赢的是我吧，我没有奖励的？”

春江放开人，转头看他，也上前抱了他一下："奖励。”

华越野被这个传说中的“仙体”猝不及防抱了满怀，还来不及感受什么，脸就黑了大半。

这抱是怎么回事？谁要这种华而不实的奖赏了？这一抱不就显得自己跟边上那哭鼻子的选手一样需要安抚吗？

而且这人对谁都这样吗？不是神仙吗？下了凡就送温暖？

为了显得自己和边上的选手截然不同，在春江退开前，华越野反抱住他，把人掂了起来，脚离地那种，掂离了蒙古舞选手三尺远。

当天热搜第一是：# 华越野把春江举起来了 #。

组内 PK，每个战队都留下了 5 到 6 个选手，导师使用了复活权，只有春江战队淘汰了一半，仅剩 3 个选手，他的复活权在第一天就都给华越野了。

春江不理智的话题又被网友捡了起来，都在心疼他战队里的古典舞选手。

仅剩的两名古典舞选手坚强地排练着，间歇听到些让他们气血上涌的动静，比如——

华越野："不想练举这个动作。"

春江："你之前不是练过了吗？"

华越野不耐道："说了不练。"

春江耐心道："可是你练过的呀。"

华越野一路往前走，春江跟个尾巴似的，两人的声音从走廊一侧传到另一侧，让练功房内的两名古典舞选手听得面如死灰。

陈墨的脸色尤其难看。

下一场是五个战队之间 PK，比作品，每个战队出两支作品和其他队比。

规则是早就定好的，节目组确定在第二次 PK 时，每个战队都能组成两个二到三人的作品，谁也没想到春江战队只剩了三个人。春江提出这是他的责任，愿意下场和落单选手组队。

第二次 PK 还不到导师下场，但初试被春江打乱后，节目组不得不调整，为了公平，也允许其他战队导师下场，比赛进程仿佛拉了快进。

春江选择合作的选手，不出意料，又是华越野。

刚刚的对话，就是春江想让华越野托举他，华越野不愿意，坚持不跳学院派舞蹈，春江就以上次华越野在台上把自己掂起来为由，说他已经托举过了。

华越野很想问古典舞圈的，你们知道自家神仙耍赖的吗？他那天随意一掂，能叫托举吗？

他之前还拿春江跟九爷比，他错了，错得离谱。老头是棍棒底下出乖儿，简单得很。春江，不拿棍不拿刀，他浇水，全方位环绕，密不透风，真就煮青蛙，比老头烦多了。

换别人他早开骂了，但这个人气质太好了，你能对着一捧雪一枝桃花骂人吗？

华越野进了空的练功房，春江跟进来，始终和他保持着礼貌的距离，继续礼貌地劝。

即使做着这么缠人的事，春江也是克己循礼，不疾不徐的，中式的古典礼韵已经刻进他骨子里了。

春江刚又说了一句，却见华越野停了下来，把包往地上一扔，骤然回头，面色阴沉地一步跨向他，他来不及退后，就被华越野揽腰抱了起来，举过头顶。

华越野："这个才叫托举，懂了吗？那天不算。"

其实这个动作是可怕的，没有托举经验的人，根本不具备保护意识和技巧，被举起的人也是危险的，毫无安全感，还一下子被举这么高。

华越野这一下是带着威胁的，就是要他怕，但春江却面色不改，轻巧地将手搭在华越野肩上借力，一个前翻，稳稳落地，轻盈得像是飘下来的。

他脸上没有任何不虞，反而笑盈盈地说："你现在是真的举了呀。"

华越野：……

一碰上这个人，他发现自己就智商下降得厉害。

华越野不再理春江，音响连了蓝牙，放起 Krump 的音乐兀自练习。

春江被晾在一边，也不走，就安安静静地坐下来，看华越野跳舞。

练功房经常会出现这样匪夷所思的一幕，明明春江才是导师，是殿堂级舞蹈艺术家，应该是选手观赏导师，但春江却经常在华越野的练功房一坐就是一天，什么都不干，就是看华越野跳舞，跳的还是 Krump，非常专注地看，华越野居然也一点都不怵，想怎么跳怎么跳，一点都不介意春江的目光。

华越野跳了一阵后，春江忽然起身了，走到华越野旁边，对着镜子，跟着华越野一起跳了起来。

摄像组惊掉下巴了，春江居然在跳 Krump？是他们眼花了吗？这段素材放出去节目组会被骂吗？

华越野继续跳，但目光却从镜子里落在春江身上。

春江的 Krump 很不地道，看得出是刚学，一招一式都还是古典舞的架势，发力点和速度都不对。

看了一阵，华越野兴致来了，不跳了，他坐到音箱上，双手环胸，就盯着春江看。

春江也没有停，大方地面朝华越野跳。

一曲结束，华越野摇头道："你跳得太文雅了，背太直，显得太正气，Krump 是小丑舞，你没有小丑的情绪。"

春江又做了下挥臂动作，重重地跺了下脚，然后看向华越野，似是等他评价。

华越野没有起身，坐在音响上，稍岔开点腿，举起精壮的手臂，原地发力挥舞，脚跟着跺了一下，地板的震颤是春江的四五倍。他身体前倾，明明只是坐着，但对春江挥的那一下，像极了侵略性强的豹。

春江看完，又学着挥臂，重重地跺了一下脚。

华越野笑了，目光戏谑地看向他的脚："你属猫的吗？"

春江继续跺脚，声音还是没到位，华越野又笑出声，身体前倾，专注地看着他玩。

摄影组彻底傻了，他们看到了什么？春江好像……在故意逗华越野开心？

这还是那个不食人间烟火只专注自身舞蹈的古典舞大神吗？华越野给他喂什么药了？

春江就这么跳了半小时的 Krump，华越野一直在笑。节目组从认识华越野以来，从没见这位哥这么笑过，平常最多是嘲讽的笑，连拿了电竞世界冠军上台发言都是冷笑，今天是真见了鬼了。

但不得不说，华越野长得太俊了，平常冷着一张脸就够男神范了，这么笑起来更致命，Pd（导演）小姐姐要昏厥了，疯狂收着素材。

音乐早停了，春江的 Krump 跳着跳着，就转了风格，开始整个练功房地移动，他跳起了自己的舞。

华越野的眼神从娱乐，渐渐变得专注。

不是古典舞，有点偏现代。

春江从空中流到了地上，又从地上流到了空中，动作利落又粘腻，四肢似乎拖动着什么沉重的东西，但依然摆得很畅快，有种难以形容的畅快，灵魂的畅快。

华越野看入迷了，他看过很多春江的舞蹈视频，却没有见过他跳古典舞之外的舞蹈，更没见他跳得这么痛过。

春江的舞蹈都是有主题的，禅、太极、史诗、民俗、曲艺、神话——一些古典舞内的规制，这些主题的内涵已经足够广而深了，个人反而是微不足道，极致渺小的，所以春江从没有跳过自己。

春江的粉丝说春江是神派下的祭司，用舞的独特媒介在描述这个世界，他的一切都献祭给舞蹈了，他只把自己作为一个媒介，让古典通过他流向观众，而他自己什么都不是。

今天这支现代舞，华越野莫名觉得春江在跳他自己，第一次跳他自己。

一舞毕，明明没有音乐，华越野却仿佛听到了恢宏的民乐，唢呐在耳边震耳欲聋地悲吟喜唱。

他之前就知道春江的感染力强，看春江的舞蹈是能触到实质的。此刻他有些呼吸困难，他感到痛，非常痛。

这不应该，老头才会有这种矫情的感受力，不该是他。

一阵恐慌淌过，老头真的把他锻造成怪物了，这不是观众的感受力，这是怪物的感受力，十七年，他开启了，老头泉下有知，该笑醒了。

春江没有立刻起来，他躺在地上喘了一会，这支舞消耗太大了，不仅体能上的，还有精神上的。

半晌，他起身，走到华越野面前："好看吗？"

华越野没回答，他无法把"好看"两个字和这支舞串起来，不是不好看，而是仿佛他点一下头，都是再捅一刀。

对于像春江这样的舞者，观众其实是刀啊，每一道赞美和掌声，每一句"好看"，都是在逼他继续献祭。

得不到回答，春江兀自说道："这支舞，是在你初试那天编的，见过你之后。"

华越野一愣。

春江绕着练功房缓缓走动起来，练功房是导演组配给古典舞组的，装扮过。四面墙上一面仿了敦煌壁画，一面仿了汉化像砖石，其他两面墙挂了一些仿的汉唐画和史书《舞赋》，都是古典舞的渊源。

春江摸着壁画，轻缓地道："我的时间，在两年前停下了。"

华越野依旧没有回应。

春江似乎也并没有在等回应，他继续道："汉唐舞是从这些画中来的，捕捉她们的行、神、劲、律，进行整合创造，所以舞态的极致是有参照的。我十四岁时，任意一个舞态的定格，就已经被奉为最佳临摹。十六岁，我彻底成了画中人，一呼一吸都是古典舞本身。我突破参照了，它们定义不了我了，我开始野生地向上摸索。"

"但前年起，我意识到，我的身体已经穷尽了最佳舞态，开始刻舟求剑了。"

华越野很讨厌这种九爷式的表述，但他听懂了，春江遇到瓶颈了。

他的身体条件已经被开发到极致，再往上，不是技艺和练习的问题了。拔高天花板，只能靠身体素质，但放眼望去，春江的身体素质已经是古典舞者中的天花板了，仕女图都给不了他参照，当然不存在更上一层的古典舞者能给他最佳舞态的参照了。

难怪突然来参加综艺了，还不要钱，是来碰运气找突破的。

春江看向华越野："直到那天看到你，你的身体让我惊讶，不只是因为看到了更上一层参照的可能性，而是因为我坐实了那件事——一个舞者无论多理智，都无法全然接受的事实——身体条件的限制。

"就像你看不到神，你就无法全然相信命运。

"我看到了。

"华越野，你来了，我的时间又开始流动了。"

华越野僵住，呼吸都停了。

他讨厌这种灵魂被搅动的感觉，九爷努力了十四年都撼动不了的东西，春江凭什么可以？

华越野此刻无比清醒，比在初试舞台上被选中时清醒多了，他知道春江这是换了一种劝他托举的方式，用剖开自己，再剖开他的方式。

春江在坦诚他的私欲：我找到你，不是因为你厉害，也不是为了你好，甚至不是因为单纯欣赏你，我只是为了我自己，请你帮帮我。

华越野这才反应过来为什么春江刚刚要跳 Krump 逗他，他还以为这个殿堂级的高高在上的男人真的因为他而对 Krump 产生了兴趣，他还在隐秘地感到被取悦。

可事实只是，春江得先让他笑，再让他痛，这是春江的礼节。

这该死的礼节。

华越野始终没有开口，半晌，起身离开，门被关得摇晃不止，这个动作相当于给春江判了死刑，他不愿意帮他。

练功房只剩了春江一人，他久久地站在那儿，寂静无声，仿佛和墙上的壁画融为一体。

06

华越野两天没有去练功房，节目组也找不到他，他擅自离开了。

网上不知从哪儿流出了消息，说春江逼迫华越野合作古典舞，华越野罢演离开节目组。

华越野的粉丝都疯了，成群结队到节目组来堵人，要春江给一个交代，把华越野还给街舞组。

华越野是第三天回节目组的，他看到了外面人山人海举着他牌子抗议的粉丝，他没露面，从员工通道进去了。

节目组想问责他，他没理会，也没说去哪儿了，约都签了，节目组还不是得把他供在这儿。

到练功房时，里面有两个人，春江和陈墨。

华越野没有进去，在门外看了会。

陈墨抓着春江在说话，样子有些急迫，春江安静地听着。

华越野之前就感觉这两人是认识的，都在歌剧舞剧院，传言陈墨是中歌培养的春江接班人。

他听到时不屑地哼了声，压根没信，哪怕他不是古典舞专业，也能一眼看出来这俩人的水准差多少，不是技艺上的，而是天花板，十个陈墨的天花板加起来，都够不上春江的尾巴。

现在看，这俩人确实可能是认识的，想来这陈墨几次都敢在台上直接质问春江，他们古典舞选手不都把春江当神供着吗，没点私交还真不敢这么当众叫板，这会儿连手都抓上了。

门没关死，声音传出来了，陈墨恳求春江换个搭档，他来托举，如果华越野一直不回来，节目录制当天怎么办，春江的节目总是要上的，退一万步就算华越野回来了，他不愿意配合春江，依然没用。

春江垂目不语。

陈墨深吸口气："是因为你，我才千辛万苦考进舞蹈学院，毕业后又努力进了你的剧院，现在又追着你来了这个节目，天赋固然重要，但十年如一日想站在你身边的心不重要吗？它让一个被舞蹈老师断言跳不了舞的人，走到今天这地步，这不比突破天花板更奇迹吗？即使我最终无法触及你分毫，我也在尽最大努力奔向你，渴望在任何时候接住你，给我个机会吧，老师，你一直是我的梦想。"

作为同辈中的古典舞佼佼者，如果没华越野，和春江合作的人必然是陈墨，他其实早就毛遂自荐过。但春江拒绝了，他不甘心。

华越野盯住了春江的反应，春江依旧垂目不语。

煎熬在沉默中蔓延。

少顷，春江抬头，温和道："对不起。"

华越野的手一下松开了，他不知何时攥紧了拳头，他不知道自己在紧张什么。

陈墨脸色惨白，又似乎早有预料，他低头沉默良久，冷静道："那让我做他的替身可以吗？在他回来之前，我代替他陪你排练，你总得排舞，他不知道什么时候出现，万一太晚，至少你把舞排好了，教给他会快一点。"

华越野愣住了，他第一次正眼看向了这个天之骄子般的古典舞后辈，到哪里都是 a 角的人，现在甘愿提出做他的 b 角。

他感受到了那天春江对他剖开自己时的震撼。

春江："你自己也有演出要排练。"

陈墨："不会耽误的，你知道的，目标近在咫尺时，什么都拦不住。"

华越野忽然觉得，陈墨对春江的执着，和春江对古典舞的执着，是不是一样的东西。

他没有的东西。

春江没表态，陈墨道："只是排练而已，华越野出现之前，你也有过别的托举搭档，老师，你在犹豫什么？"

春江继续沉默着，就在这时，身后突然走出一人，不急不缓地说："他是我的搭档，不劳费心了。"

陈墨是惨白着脸离开的，春江上了他的肩后，就一直在笑。

华越野脸皮厚，压得住尴尬，他掂了掂身上的人："再笑把你摔下来。"

春江："你能把我摔下来，也算你厉害。"

华越野是经不起激的，作势就要摔人，春江却单手按着他的肩，一个旋身落了地，轻盈至极。

华越野怀疑他是不是有轻功，上次也是，举在半空都能借力直接前翻，这是人体能做到的？

他的身体也就是被九爷给整变态了，不然还真不一定比得过春江。

华越野开始配合春江排练了，春江没有问他那两天去哪儿了，也没有问他怎么突然答应了，这次的合作节目春江排的不是古典舞，是现代舞，但他还是得练学院派舞蹈的基本功，古典舞的身韵也得练。

搁一个月前节目刚开录时，他是死都想不到自己会在练功房做芭蕾舞基础训练的。

崩溃是有点的。街舞是画方，动作一截一截分开，越清晰越好，而古典舞是画圆，每个动作都要走完整。两个舞种的发力方式、落脚点、协调、平衡、软开度和框架都不同，所以根本上对动作的审美要求就不同，他天赋再高，身体机能再好，一下子转换还是困难。

练了三天后，他觉得那老头骗了他。

什么无论何时都可以从头来过的能力，这不可能，古典舞一定得从小练，他的身体再反人类，现在开始也是晚的。

光是脚背他就不可能绷成春江那样，一个前桥，春江翻得像猫，华越野翻得像熊，他都不知道自己可以这么笨重，这体验太新鲜了。

最窒息的是春江的指导，平常多礼貌内敛一人，一到古典舞基训，整个人就变了。

华越野上一次挨打还是十四岁，十四岁之后，连爱好用棍棒的九爷都没再打过他，春江这几天里不知道用手打了他多少下。

这真是伤害性不大，侮辱性极强。

华越野几次都想把人直接摔地上了，怎么能这么事儿？他一个才学三天的古典舞新手，春江当专业的来挑刺，他都怀疑是不是春江之前被他冷落久了，所以借机报复呢？

春江偶尔会拿出几个陶翁，或者画像，让华越野摆出一样的姿势，然后研究他的舞态和身体，一研究就是小半天，让他像个傻子似的，杵在敦煌壁画前摆出反弹琵琶的姿势。春江在他身上找突破的参照，但舞态的质感，是在技术到位的前提下才能出来的，华越野必须先领会了古典舞，摆的舞态才有可能触到极限，于是春江对他更严格了。

被教训狠了，华越野也会反击：“你知不知道外面人都在骂你，你现在出门，停车场可能还蹲着我的粉丝，要把你打成你喜欢的古典舞姿势。”

春江毫不在意，一脚把他撅起的屁股踩了下去：“嗯，那你可要从你粉丝手里保护我，我现在是你师父。”

华越野白眼翻上青天，他可没承认什么师父。

练到第五天，节目要彩排了，隔天就是正式录制。

下午华越野一直没见到春江，彩排舞台也是他一个人上的，刚站了没多久，节目组就动荡起来，说春江出事了。

华越野一愣，立马跳下台跟着节目组往外跑。

春江下午出去拿华越野的舞服了，衣服是春江从他自己的私人订制工坊做的，有些地方他要亲自调整验收。

回来时，演播室外有华越野的粉丝认出了春江的车，堵着不让进。太多粉丝推搡，不小心弄伤了春江的手臂。

华越野沉着脸走出去了，节目组根本拉不住他。

舞者的身体有多重要，那样一个瑶池里捏出来的瓷娃娃，华越野平时被教训成什么样了，几次矛盾都从没想过动手，甚至连骂都没骂过春江，就是舍不得动他。

好一会了，他的手还在抖，他才意识到，不是怒，他是在害怕。

他那两天离开节目组，是去了九爷的墓地，但那儿的坟头草长得太高了，他找不到九爷的墓碑了。

07

到医院时快傍晚了，天上难得地出现了火烧云，似乎在印证这天的灾难。华越野觉得春江也许真的是天上下来的，他出事了，天都跟着难受。

华越野手里拿着一束桔梗，到春江病房外时，发现里面有人在，还是陈墨。

春江在换衣服，陈墨帮他拎包，看架势是要出院。

华越野进去：“你们干吗？”

春江：“回去走一下场，明天要录制。”

华越野之前拼命抑制过的情绪轰地一下上来了：“你还要去录制？”

春江半个胳膊都裹了纱布，华越野问了医生，这伤口是才缝合的，春江居然还想明天登台，整个舞需要用到的手臂力量非常多，伤口不可能不裂开。

华越野从陈墨手里抢过包，扔回床上：“不录了，你躺回去。”

春江：“我没事。”

华越野深吸口气：“你下午为什么出去？我都跟你说了下面堵着人，拿衣服不能叫别人去吗？”

春江：“不经我手我不放心，他们不知道你的尺寸怎么改。”

华越野脸色更难看了：“一件舞服而已，我是自己买不起吗？我拖块窗帘布上台也好过你现在这副样子，你到底分不分得清轻重？”

春江单手拿过床上的包，轻缓地扯出里面的舞服，递给他：“不用穿窗帘布，试试合不合身。”

那舞服干干净净，一点血都没蹭到，华越野看到时，却被那干净点燃了，车上刺目的红在脑子里疯狂盘旋。

他压抑了再压抑，最后只蹦出了一句："你是不是有病。"

他不明白春江，一开始就不明白，不明白春江对古典舞的执着，不明白春江对他的执着，不明白一件小小的舞服哪里值得付出这么大代价，要亲力亲为去拿，更不明白只是一场综艺演出哪里值得春江带伤上场，还拿以后的舞蹈生涯去冒险。这个人不是最在乎舞蹈吗？一个瓶颈期就能把他折腾得死去活来，身体这么重要，现在又是作的哪出？

华越野甚至觉得边上这个面无表情一脸黯淡地替春江拿包的陈墨，都比自己离春江更近，他根本不理解这个人。

可他也没有理解过九爷，十七年都这么过来了，为什么到了春江身上，他就觉得这种不理解如此不可理喻，如此难熬？

春江在他身上到底求什么？他一直压制的、刻意忽略的那阵前所未有的空虚此刻疯狂地往外冒，顺着他的戾气冲向眼前这个唇色发白的人，要这个在他生命中开出巨大空洞的人给他答案。

衣服华越野没接，春江举了一会，收回，没伤的那只手将舞服轻轻揽在怀里。

他看向华越野，四目相对，很平静地道："能让我停下的，只有我无法延展的手臂，无可触及的领悟，无从突破的瓶颈。生命很短，很有限，我没有时间浪费给这些事，衣服什么时候做好，我都会去拿。"

没有时间浪费给这些事，哪些事？

华越野听明白了，所有和舞蹈无关的事，甚至包括华越野自己，和那句未出口的道歉，春江全都不在乎。

与其说春江超然，不如说冷漠。春江从来都不是不理智，而是冷静理智得令人发指，看准了就精准出手，三次复活机会都砸向他。所谓不理智，只是普通人约定俗成中顾虑的基本人情，还有对他人的惋惜，可这些对于春江而言只是人间的冗余，除了他和他的舞蹈，春江眼里什么都不存在。

华越野逐渐才明白过来，所有人都想错了，用掉三次复活机会，那并不是一件浪漫的事。

华越野："你手废了也不在乎吗？"

春江还没说话，一直沉默的陈墨却爆发了："你以为老师为什么要回去录制？一场不入流的表演而已，罢演就罢演了，那一整个节目都没有老师一根手指重要，他犯得着为这种小舞台拿他的职业生涯冒险吗？是因为他明天要是不上场，你们俩的节目就没了，你就要被淘汰了！他没有复活权了！你懂不懂！"

华越野愣住了，良久没有说话。

陈墨看着眼前人的面色逐渐变得安静、沉凝、冷淡、苦涩，甚至浮上一丝自嘲。

这个反应不对，不应该是感动吗？

华越野和春江静静对视着，眼底的情绪逐渐消散殆尽，先前汹涌高涨的空虚和质问也熄灭了。

陈墨不清楚，华越野却瞬间领会了。

不是为了他。

春江怕的不是他淘汰，而是怕失去自己突破瓶颈的钥匙。

如果华越野淘汰了，春江就无法理所当然地接近他，观察他，训练他，无法在这样一个巧合的神赐般的特定比赛空间中，通过和他合作，碰撞出最佳舞态的上层。

春江愿意付出一条手臂的代价去换的，依然是他心中的艺术，不是什么具体的人。

华越野蓦然想起了五天前，他看到春江跳那支讲述自己的现代舞时，所感受到的痛。

他当时不敢赞扬，不敢点头，觉得观众的点头全都是逼他献祭的刀，他不能再捅他。

此刻，他发现自己又想错了，错得离谱。

春江根本就是要这些刀的，甚至是在讨这些刀的，他要掌声雷动，赞誉恒久，他要身上附满利刃，要血流不止，他就是打算背着这些朝古典舞的尽头走去。

而他，华越野，也不过是春江在讨的一把刀子罢了。

如此残忍，如此寻常。

春江带着陈墨离开了，这次华越野没有阻拦，他独自在空的病房站了很久。

窗外的火烧云快被夜幕取代，可它还在堪堪对抗，拼命拉长红色的寿命。

他想起自己被九爷捡到的那天，也是火烧云，天很红，他饿了几天，在街上浑浑噩噩，看到一个捡报纸的大爷，一边捡，一边跳舞，快活得奇怪，呼啸的风声就是他的节奏。

九爷捡到他时就说了他只是器皿，他问什么是器皿？九爷指着手里的报纸，说就是这种东西。

在那之前，华越野人事不知，他是被动走上这条路的，九爷没给过他希望，但给了他人生，所以十七年的器皿和工具，他做得心安理得，未有过非分之想。

可春江，是他自己选择的人，可能是那三道火烧云般的红色灯效，长得太像希望了，是他误会了。

贪心，终归是自己长出来了。它是如此丑陋，就像此刻窗外的火烧云，不自量力，还妄图点燃黑夜。

08

凌晨，华越野回到节目组，春江在练功房等他，两人无声地开始排练，没有情绪，没有联络，有什么东西不一样了。

春江伤的是左手，得把他左手发力的动作尽可能改去右手，离上台只剩不足十二个小时了。

他们练了六个小时，直到早上七点，春江汗出得太多，血渗出来了，得出去换纱布。

华越野坐在墙边休息，低着头，一言不发。

练功房的门开了，春江走进来，华越野起身，打算继续练，却被春江上前一把抓住了胳膊，撩起了右手袖子。

简单包扎的纱布早已被血浸透，因高强度运动而移位的纱布下露出了一截伤口，已经化脓了，整条手臂让人无法直视。

春江盯着发烂的伤口看了很久："为什么不告诉我？"

华越野用这样的手臂，连续做了六个小时的托举，春江先前不知道，整个重心都毫无防备地挂在他右手上，要不是队医换药时告诉他，他到现在都不知道。华越野一点都没表现出来，手很稳，没有颤抖。

华越野想抽手，却发现抽不动，春江抓得很紧，整个人都显出一种紧绷的专注。

华越野不动了，任他看，仅一个晚上，他就长出了胡楂，毫无情绪的脸上有种厌世的颓废。

春江看了许久，轻轻放下他的手，声音些许沙哑："今天不录了。"

华越野僵住了，以为自己听错了，他猛地盯住春江，像在确认他的话。

春江对上他的视线，平静而肯定地说："我们不录了。"

华越野呼吸急促起来，难以置信地迫近春江："你再说一遍。"

春江："华越野，不跳了。"

这是那个眼中只有舞蹈的春江，这是那个毫不犹豫向他讨刀子的春江，他说不跳了，不跳了。

这次，是为了他吗？

华越野抑制住苏醒的情绪，又迫近一步，像个恶童般绞尽脑汁地确认："那如果我今天淘汰了呢？"

春江低下头，目光微垂，极少能在他脸上看到如此游移不定的神色。

他想了很久，可能有黑夜到白天那么久，华越野就这么候着他，似乎可以穷尽身上所有耐心等这一个答案。

良久，春江开口了，声音很轻，似乎是第一次站在这种问题前："我来找你，你会赶我走吗？"

华越野终于笑了出来，笑了很久，笑得头一颤一颤，手臂开始抽抽地疼。

他低下头，枕在春江的肩上，深沉而均匀地呼吸，和春江同一频率呼吸。

他这片火烧云，有烧到他一点吗？烫到他一点吗？

华越野："你来找我试试看。"

春江牵着华越野去找队医换药包扎，队医年纪大，忍不住唠叨，让华越野下次做事别这么冲动，舞者保护身体还来不及，明明知道外面有那么多粉丝围堵，贸然出去很容易像春江一样因为推搡而意外受伤，还不顾一切地往外面冲。

华越野被念得面子不好看："你不懂。"

老队医嗤道："有什么不懂的，你们这些小年轻不就爱逞能，喜欢打抱不平。"

华越野不好看的脸色被这句熨平了，没去纠正误会，他翻起眼皮去看春江，见他毫无表情，只专注地盯着他的伤口。

华越野不满意，存心逗他，问：“感动吗？”

华越野以为会收获严厉的责骂，或是说他幼稚冲动没必要，但春江依旧面目平静，说了句让他意外的话：“挺正常的。”

华越野的脸色立刻变了，什么叫挺正常的？他黑着脸问：“还有其他人为你这么做过？”

春江：“没有。但如果是为了我，挺正常的。”

华越野被他平静的神情噎住了。

这种神情熟悉又遥远，他想起了以往每年都要跟着九爷去拜佛，从山脚下一路拜到山顶，九爷不是在拜神佛，他是在和神像佛像的“形”“沟通”，他要华越野把这些像的神态、动作、衣着、气质，甚至悲悯或怒张的眼神，全都领会下来，放进舞里。

九爷不是在拜神佛，可华越野是，对他来说和神佛的“形”“沟通”是遥远的事，是没兴趣的事，他宁愿真诚地拜一拜，换来年衣食丰足，财运昌盛，换九爷不要这么变态。

这个“拜一拜”活动每年都意兴阑珊地过，华越野从未真的记住哪个神佛像的“形”和“态”，此刻却像迟到了十多年，轰的一下，那些神佛像蜂拥般砸进了他的脑海里。

此刻春江的神情，就是那些神佛像的“态”，如此坦然地接受世人的朝拜，那些世间万象所求的我执、贪欲、魔怔，都变得天经地义与理所当然，他们习惯了被凝视，被狂热簇拥，被所有情绪经过而岿然不动。

春江太清楚自己的迷人了，这种清楚只是在陈述一个事实，没有自恋，没有情绪。

华越野这才惊觉，为自己痴狂冲动的人，春江或许已经见了无数个了，他的生命里不是没有火烧云，而是全都飘过了，未有能被他留下的。

脑子里响起了寺庙的钟声，华越野似乎领会了九爷对神佛像的“贪”，那是如此渺小，难耐。

华越野沉默片刻，掩下眼底的阴影，故作轻松道：“嗯，是挺正常的，所以你今后依然，想去哪儿去哪儿，不用管下面等着的是洪水还是猛兽。”

话出口他就后悔了，太幼稚了。

可他控制不住，他急切地想赶走这种“渺小”。

春江一顿，脸上的淡然滞了一分，少顷，他道：“比赛期间，我不会再出去了。”

华越野一愣，这话已经是春江最大的让步了，他自己的舞服还没取，他何曾为舞蹈的事妥协过，换作任何一个人都该为这份妥协雀跃了。

但华越野不够，他贪心疯了，得寸进尺地逼近：“比赛结束后呢？今天我淘汰了，你以后随便来找我，大摇大摆，遇到他们不用怕，反正我打过招呼了，用这里。”

他扬了扬受伤的手。

这话说得真是幼稚极了，简直是无理取闹。春江和华越野的粉丝有再大的过节，节目结束，时间长了他们总会忘掉，世上新鲜事这么多，没有人会一直盯着春江，影响他的正常生活。

但春江顺应了这个恶劣的玩笑，安抚恶童般道：“那怎么办，约在没有他们的地方？”

华越野呼吸急促：“如果没有这种地方呢？”

华越野层层逼近，让春江似乎也入了戏，他不得不真的去想这样的可能，他的脸上出现一种断裂的迷茫，平静的痛苦，半晌，他道：“那我不来找你了。”

话出口时，春江自己都愣住了，这是他不可能说出的答案。

华越野的脑海里顿时歌舞升平，他震颤了好一会：“一辈子不来找我？”

春江不说话，他似乎被逼进死胡同里了，平静下压抑着痛苦，他第一次被一个刽子手放到了砧板上，去思考舞蹈以外血淋淋的人生。

华越野却不放过他：“你怕什么？你不是连自己的手臂都不要了也要和我上台吗？我对你这么重要，他们算什么？你怕什么？”

春江还是不说话，他不自觉地退后了一步，被华越野抓住，扯到自己身前，让他避无可避：“你怕我受伤，你怕我不顾自己地为你出头，为什么怕？这对你来说不是挺正常的吗？”

春江眉目微垂，半晌，认真道：“你的身体很完美，不能有一点伤。”

华越野一愣，失重感袭来，如坠深渊，他要被他气死了，逼了半天逼出这么个破答案，华越野嗓子哑了，却比之前的侵略性更甚：“那如果我没有这样的身体，我不是你要找的那个瓶颈突破口，如果我只是我自己，我不是……”

不是你要的工具呢？

华越野问不下去了，这个问题根本不成立，如果他不是九爷造出的器皿，春江不会选他，他和春江根本不会有交集，他对春江也就不会如此难耐。

华越野身上的热汗凉了，可他依然在前进，换了个问题：“你一辈子不来找我，那你怎么办？”

没有华越野，春江就突破不了瓶颈，他的时间又将停下，且一直停下。舞蹈是他的一切，停下时间的往后每一天，他都如同死去。

可他宁愿死去，也给出了要保护华越野的答案，不论动机是什么，这是史无前例的。对华越野而言，“不来找你”这四个字比三次复活机会震撼得多，是华越野听过最感动的话。

春江在这个问题里痛苦着，他想说，我会去找另一个参照，可说不出口，他不敢保证他能找到，他已经找了很久了，华越野是唯一的。

迷茫瞬间扩展成绝望，春江不知道自己怎么会在这样一个假设里走到如此地步，那两年停滞的时间，他已尝尽地狱之苦，这种苦是舞者终生的苦可以耐受，但永远无法习惯。耐受是因为抱着希望，他好不容易找到希望了，华越野却要他想象再次且永恒地失去这个希望，这太可怕了。

他突然觉得危险，要把华越野这样一个人装进生命里，他得被迫装下多少东西？他得习惯失去安全感，这个人不是死物，不是他的陶罐或画卷。华越野像个摸不着规律的飓风中心，卷走他。

可是正是他自己主动走向这个飓风中心的，主动递上命脉，任由华越野拿捏，随时落下一句话，就能顷刻判他死刑。而若想走入风暴中心，他必得容纳这飓风的一切，走近华越野，得和他所抗拒和不抗拒的一切世俗连接。

春江的神态太痛苦了，可他即使痛苦，依然平静，华越野能感觉到自己的残忍，可即使面对这样一个刽子手，春江依然专注地轻按着他的手臂，让他好好给医生处理。

就是在这一刻，华越野释然了，不再纠结于身体，他已经是他了，无论是怎么来的，身体就是他的一部分，既然对春江有致命吸引力，不用白不用，他不止用，他还会继续把身体练到极致，他要他只看着他一个人，非他不可。

华越野伸手揉开春江的眉心，抹去这个残忍的假设环境，他不顾老医师的咋呼，站起身，用这具身体笼罩住眼前人，认真道：“春江，不要想去找别人，不会再有别人，你最好别让我跑了。”

老队医骂骂咧咧，华越野让他包扎得紧一些，一会还要训练。

刚才起就陷入滞顿的春江回了神，再痛苦时都平静的脸，居然蹙起了眉，脸上有了活色，似乎和之前哪里不一样了：“说了不跳了。”

华越野抬头看他，掩不住笑意，捏了捏他的掌心，安抚道：“可以跳，我们都改成单手，碰不到伤口，老头教过。”

春江：“老头？”

华越野没解释，春江坚持不跳，华越野也不反驳，只是细细地磨春江，像曾经春江温水煮青蛙似的磨他一样。

华越野仰头看他：“你信我吗？”

春江不说话，这一整晚，他已经被蛊惑了太多次，心里没气是不可能的，他不想再被华越野牵着鼻子走。

春江不出声，华越野就也不出声，好半天，两人一上一下跟雕塑似的对视，老队医的白眼翻上了青天，骂骂咧咧地走了，把医务室留给这俩冤家。

半晌，春江被逗笑了，他还是点了点头。

鬼知道他这个点头的意思，他自己都说不清，这个点头不是回答哪个问题，更像是他同意了：华越野，到他生命里来吧，让他试试迎接飓风。

华越野松口气，心里无比平静和畅快：“你知道狂派舞是一种什么舞吗？”

春江：“小丑舞？”

华越野笑了笑，摇头：“狂派舞最初，是一种赞扬神的舞蹈。”

“你跳神，让我来赞扬你。”

在录制前两个小时，春江和华越野的节目临时换了，他们重新编了一支舞——《酒神祭》，春江扮演酒神，华越野是他的祭司和观众。

整支舞，他们都是用单手完成的，两人在彼此受伤的手臂之间绑了一条红绳，祭祀用的红绳，既互相保护，不使用这只伤手，又代表了神和祭司间的连接，还给了舞台新的捆绑双人舞形式，两人绑在一起跳舞是有难度的，弥补了这个作品因为单手舞蹈而削弱的技术要求。

他们在舞台上各自用一条手臂，撑起了一支舞。

这场跳的是祭祀舞，严格来说也算古典舞的一类，在古代是和宫廷舞、戏曲舞、民俗舞并列的四大舞种，华越野学它的时候并不知道这一点，他是用 Krump 跳的，跳“祭司”的角色，并不正宗，是老头教的。

巧的是这个舞春江也会，不是纯古典舞的架势，带点民俗。春江说是小时候爷爷教的他，当时学的就是“神”的角色。

这个祭祀舞统共两个角色，他们恰巧一人会一个，配合非常默契，好像两人已经合作过无数次了，华越野从未有过这种在舞蹈中和另一个人产生灵魂共振的感觉。

这支舞在当晚拿了全场十个作品中的第三名，对于两个“手残党”来说，是很高的名次了，华越野也没有被淘汰。

这支舞在网上也被转疯了，获得了业内很高的评价。两人受伤的消息早被外界传开了，都说这支舞是因祸得福，两人的气口在共伤的氛围感中契合了，这是极难的，有些同舞种的舞者合作都不一定能达到气口相契，这两人好像一夜间多出了一种微妙的默契。

还有些网友讨论起了华越野跳祭祀的那段 Krump，说他的

Krump 变慢了，更有质感了，不再是纯 Krump 了，有点现代狂派的味道，艺术性高了，说他到底被春江影响了，师父没白拜，也有网友认为既然是春江教出来的，那应该叫古典狂派。

到底是现代狂派还是古典狂派不重要，重要的是，华越野和春江的粉丝终于不再掐架了，连带街舞圈和古典舞圈也消停了些，这支舞蹈像只和平鸽，把两个圈都拴住了。

那期录完后，春江和华越野休息了一整周，所幸两人都没伤到韧带和骨头，伤养得能练功了，才再次回到节目组。

春江回得早，华越野趁着休息还拍了个代言广告，晚了两天进组。

他到时，春江已经在练功房练功了。

华越野没进去，就在门外看着，一不小心，就这么看了两个小时。

整整两个小时，春江只是在练基本功，枯燥至极的把杆动作，华越野自己都不明白怎么就看了两个小时。

基础训练能更直观地感受春江身韵的美，但华越野不是为美入迷的，而是为春江身上的一份孤独而着迷。

春江三岁学舞，这两个小时，是他二十五年来每天雷打不动的两个小时，无论他去过多远的地方，惊艳过多少人，他都得回到这种枯燥中。

小时候华越野被逼着训练，有九爷在，日日鸡飞狗跳，他还有游戏，有数不清的打工。春江却从来都是一个人，枯燥、重复、安静，甚至排斥热闹，他有意将自己置于绝缘状态，二十八年没谈过恋爱，没参与过舞蹈之外的活动，牢牢恪守这份孤独。

明明情感联结深了，此时的春江却依然让华越野觉得很远，像第一次见他那样。

华越野没跟春江提过，他们第一次见，其实不在这个节目。

第一年去国外打电竞国际赛的时候，华越野就碰到过春江，两人当时在同一个场馆，他在二楼打电竞比赛，春江在一楼参加国际舞蹈大赛。

春江那场跳的是汉唐舞，又是一场惊艳四座的史诗级演出，而彼时的华越野刚输掉比赛，惨败，网上骂声一片。那是他第一年打比赛，就打到了国际赛，但网友不看这些，他们只会逮着机会骂他不行，说他个人英雄主义，自己打得好有什么用，不懂配合还是拖累团队。

华越野黑着脸往场馆外走时，听到一阵热烈的欢呼，背景乐是熟悉的国风乐，在人生地不熟遍地洋话的洋人中，他感到一阵亲切的安慰，被吸引了过去，看到了那位首个被国际捧上神坛的中国古典舞者。

他只看到了个结尾，觉得春江有些眼熟，但想不起哪里见过。

他记住了春江的一袭红袍，红得触目惊心，同样是中国人，年纪也不大，两人截然相反的境遇让华越野心中不平，凭什么这个人可以单打独斗就拿下桂冠和掌声，他就必须配合团队压抑自己的个人能力？

春江是自己一个人出来的，没带助理，没有任何人陪着，华越野不知出于什么动机，偷偷跟上了。

跟到一半被发现了，春江当他是记者，让他问完问题不要再跟了。当时天黑，华越野躲在暗处，春江没看出这只是个十八岁的少年。

华越野沉默了一会儿，真的提问了，问了他心中的问题。

春江了然这不是记者，但还是回答了他的问题。

春江："不是配合的问题，是你的工夫还不够好，够好了，就不会这样了。"

刚刚的惨败都没打击到他，春江的这句话却狠狠地在他心上插了一刀，他不能接受有人说他不行。

他本来和战队闹掰了，觉得没意思打算退出电竞才一个人出来的，因为春江的这句话，华越野又留了下来，一打就是五年。

之后所有的电竞比赛，他依旧我行我素，他和春江显然是同一类人，只专注于把自己的剑磨到最利，就算要配合，也是其他人配合他。

他真就在战队做到了如此奇葩的位置，一骑绝尘，没人再要求他去配合谁。

时间久了，他也早忘了十八岁那年短暂遇上的红袍男人，直到今年粉丝给他科普，他才一下子想起了那张脸，以及当时带给他的屈辱感。

那句“这么软的舞有什么好跳的”，说不好有几分是故意的，他起初对春江确实没好感。

春江的家境不是秘密，是舞蹈世家，春家出过好几任舞蹈宗师。

好的成长环境，丰富的师资力量，惊为天人的天赋，这样顺风顺水上来的人，对于从小摸爬滚打天天撞南墙才拼来一切的华越野来说，就是会轻视。春江说他是老天爷玻璃窗里最美的那尊雕塑，他觉得春江才是，若在出生时，就把春江从陈列柜上扯下，失去一切保养和护理，他早碎得不成样子了。

这种想法很愚蠢。

华越野也是逐渐意识到，春江这样的人，就算出生时什么都没有，一旦他找到了古典舞，他就会这么走下去，走到今天，陷入同样的高光和痛苦里，这应该就是九爷要他找的舞蹈的灵，二十三年学舞的根。

其实很早就不是春江非要巴着他了，或许在重逢时，三次复活机会只是个台阶，他就是被春江吸引，像在欧洲场馆外他不自觉地跟上春江，冥冥中知道他要找的根就在春江身上。

华越野拉开门走进了练功房，明晃晃地踏入，有点侵占的意思，他听说春江从小就是一人一间练功房，若非排舞，从来没人敢打扰他。

春江没反应，他默认了华越野的闯入，与华越野共享了空间。

华越野席地而坐，一边压腿，一边继续观赏。

春江做完基础训练，扯了两段水袖出来，随性地走了一段身韵舞，依然没有音乐，音乐就在他身上。

跳完，春江坐到华越野旁边喝水休息，非常自然，仿佛两个人已经这样同处过千百次了。

华越野："刚刚你跳的是什么？"

春江："即兴编的，名字叫《阿九》，是跳我爷爷的，最近几天总是梦到他。"

华越野："阿九？"

春江："嗯，他在家排行第九，大家都叫他阿九，爷爷是我的舞蹈启蒙老师。"

春江聊起了这位爷爷，是个传奇人物，算得上舞蹈界的一代宗师了，但这人生性诡谲，不专精于一门舞蹈，而是好通百家之长，用现在的话讲，就是全能型舞者，节目中五个导师的舞种爷爷都会，他是最早提出舞种融合的那一批先进分子，但在那个年代，号召融合是被批评的，会被列为反动分子，所以爷爷被家族除名了。

华越野越听越沉默，问："那他现在人呢？"

春江摇头："我十岁那年他就离家出走了，他生性自由不羁，不知道现在在哪儿，可能在哪个小县城里当扫地僧呢。"

华越野：……

春江："爷爷晚年喜欢研究人体，他对发掘和锻造完美的舞者身体有执念，认为身体才是突破舞蹈天花板的关键，我有受他影响。我出生时他对我抱了很大期待，认为我接近他要的完美身体了，但观察了十年后，失望了，我的先天条件还是不够完美，于是他抛下家走了，可能是去找他要的完美身体了吧。”

春江看向华越野，打趣道：“我爷爷要是看到你，会高兴疯的，你应该就是他想找的完美身体，我原本也不信真的有，直到看到你。”

华越野没说话，表情有些古怪。

他突然想起来，十八岁那年在欧洲看到舞台上的春江时，他为什么觉得眼熟，又想不起来。

他在老头捡的报纸里看到过春江，是获奖报道，老头捡的报纸里，经常有春江获奖的消息。

华越野更沉默了。

春江见他不讲话，以为他对爷爷的话题不感兴趣，便不说了，安静地坐着观察华越野。这个男人，连出个神都有思想者的轮廓，他是不是罗丹的雕塑成精了？

华越野在这短暂的沉思里捋清了一切，他震撼得不行，一个人要如何解释自己的存在？他找到他存在的全部缘由了，这太可怕了。

他是九爷送给春江的一个礼物，一个从十七年前起，就开始锻造的礼物。

所以九爷从不限制他做别的事，不强迫他必须学什么舞，九爷要的真就只是一具身体，只要还在舞蹈领域就行。

九爷让他去找自己的根，去找舞蹈的灵，就是确保有朝一日，华越野会自己出现在春江眼前。

九爷一开始就预见了春江必定会经历的身体舞态瓶颈，所以他四处寻觅，找到了身体条件得天独厚的华越野，把他打造成完美的器皿，在必要的时候，将这把他精心为孙子磨造的钥匙，送到春江面前。

华越野一阵恶寒，他一直觉得他来这个节目是随性而为，遇到春江更是偶然，但其实不，这是那糟老头子在十七年前就写好的命运。

他还奇怪，那段祭祀舞是九爷的独创，春江怎么会？那位教他舞的爷爷就是九爷，所以九爷只教了春江跳祭祀舞的“神”，而教了华越野跳祭祀舞的“祭司”，祭司注定要被带到神的面前，为神服务。

他们俩的命运，居然这么早就被牵绊在一起了。

华越野暗自深吸了一口气，如果那老头现在在他面前，他必须得让他实实在在再入一次土，太硌硬了，他还真是从头到尾当了个工具人。

转头对上春江专注的目光，华越野又没脾气了。

二十五年的舞蹈生涯，真的把这双眼睛养得很纯粹，春江十岁时，老头也是看着这样的眼睛吧，无论为这目光做什么，都太正常了。

扪心自问，就算是个长达十七年的筹谋，就算祭司注定得被带到神的面前，遇到春江，有什么不好吗？

没有，特别好，华越野想。

短短一分钟里，华越野在心中掀起了惊涛骇浪，又兀自抚平风浪，归于平静。

他看着春江，轻声道：“他没有对你失望，他很爱你。”

春江：“嗯？”

华越野没再细说，不是今天，之后吧，他得想想，怎么告诉春江这些事，怎么告诉他神和祭司的缘分。

舞蹈综艺进行到后半程，春江每场都和华越野合作，整个节目里只有他们俩没换过搭档。在决赛夜里，节目组另外请了几位国际大师来跟每个选手搭档，求之不得的机会，华越野却直接拒绝了，还是指定春江。

节目组想骂人，又觉得挺合理的，也是，都有春江了，还要什么国际大师。

10

他们跳的是汉唐舞，华越野已经娴熟地掌握托举了，古典舞的技术也练出了点门道，春江在他身上轻盈得像个陀螺，怎么转都好看，又稳当。

到选手独舞 PK 时，华越野还是跳了 Krump，但他现在的 Krump 和最初来时的 Krump 已经不是一个东西了。

网友都说，华越野开创了一个新的派系——古典 Krump，质感太绝了，这个新融合舞种迅速吸引了许多舞者去学。

最终成绩，华越野第二，第一名是一个跳现代舞的。

全国人民就在直播上看着华越野直接摆脸色了，他一个跨界舞者，拿第二都已经是高攀了好吧，真是输不起。

春江上去颁奖，把奖杯递给第一名的现代舞选手，然后自己站到了华越野旁边，悄悄给他递了个手："你有我这个舞蹈搭档了，我不比那个奖杯更实用吗？你今晚是特别奖。"

观众们就看到华越野的那张臭脸跟变戏法似的，转瞬间春风化雨了，他抓住春江的手，接过这只他专属的特别奖杯。

END

C H O N G W U

Pet Doctor

仿佛 他们真的已经 认识了很久，

有时间沉淀下来的那么多默契似的。

Y I S H E N G

宠物医生

许昀

余近南

冷淡温柔宠物医生

×

外冷内热大学生

[文 / 植物课]

宠物医生

文/植物课

靠奶茶来激发灵感的写手，有点无聊的一个人。

01

许昀认识余近南，是在一次玩密室逃脱的时候。

那天他在医院值班，被同事周驰缠得脱不开身，只好答应陪对方一起去玩密室逃脱。周驰是个远近闻名的胆小鬼，胆子小却热爱一切恐怖片，他听说大学城附近新开一家带恐怖元素的密室逃脱后，在医院里求爷爷告奶奶好几天了，许昀没办法只能就范。

下夜班后他们各自回家休息，约好下午三点在店里碰头，许昀到的时候，周驰已经坐在门口的休息区等他了。

“快快快，”像是怕许昀跑路似的，周驰拽着他的胳膊就往前台跑，“前台妹妹说有一队大学生在等拼团，加上咱俩人数刚刚好。”

许昀被他拖着加入了新队伍，果然如周驰所言，其他几个玩家都是大学生模样，两男两女，加上他们俩正好六个人。进去前店员给他们讲解了注意事项，又留出一点时间让他们互相认识，然后才宣布游戏开始。

余烬之后

文 / 迷野

A Touch

since you meet me

廖繁瑾眯起眼睛，脸色差得像是要吃人。他幽深的眸子里积蓄着阴冷的杀意，像一条潜伏的巨蟒。

“瑾哥。”

廖繁瑾将跷着的二郎腿放下，俯身看着陈远澍：“你跟了我几年？”

“四年。”

廖繁瑾轻笑了一声：“四年，我都没能留住你。”

陈远澍冷静自持的表情有了一丝破裂的痕迹，他像是想解释，话到嘴边却只剩下叹息似的一声：“瑾哥……”

廖繁瑾抬手，打断了他的话：“他们给了你什么好处，能让你在我身边待四年，就为了等这一个机会？”

陈远澍看着眼前这个压迫感十足的人低声说：“机会很早就有了，是我不想离开才拖到现在。”

廖繁瑾盯着他的脸，像是要用眼神将他戳出一个洞来。

陈远澍直视回去，低声说：“任你处置。”

话音未落，廖繁瑾便出手了，他人高马大，身手却十分迅捷，像豹子一样朝陈远澍扑过去。几乎是同一时间，陈远澍猛地一踢茶几，借力朝后退。两个人都是赤手空拳，廖

像是为了印证这句话似的，陈远澍背部的伤口又开始滴血，血从他的白衬衣底下流出来，鲜艳刺目。

陈远澍从短暂的窒息中恢复过来，连带着全身上下所有的痛感都被激发了出来，明明之前咬咬牙还能忍住的。他知道，如果这时再挨上廖繁瑾的一拳，自己肯定会没命。

片刻后，他却在恍惚之间听到了摔门声。

陈远澍一直在冰凉的地板上躺到深夜，才缓慢地爬了起来。空旷的房间里，他听到了手机震动的声响。陈远澍的太阳穴突突地跳动，为了隐藏行踪，他没有带手机，那这个声音是从哪儿来的？

他寻着声源从沙发的缝隙里翻出了一部新手机，屏幕上没有显示来电名字，但陈远澍却早已对这串号码烂熟于心。

他点开接通，只听到对面传来一声低沉的嗤笑，通话便断了。

像是特意看看自己是不是还活着一样。

手机没有密码，打开后他只看到了一张船票的订购信息。一条短信从顶部弹出：走，别再让我看见你。

陈远澍戴着鸭舌帽，一路低着头，避开了所有的摄像头。组织给他找了一个新的庇护所，第二天凌晨他将从这里坐船离开，彻底消失在廖繁瑾的视线范围之内。

这是一片老旧的居民区，路过的大姐有些奇怪地看这个穿着严实的年轻人，发现他无意露出的手腕上有一道长长的伤口，还在不停地往外渗血。

陈远澍上楼时一直观察着周围的动静，四处检查过后，他用钥匙打开了房门。房间内所有窗帘都紧闭着，在黑暗中，陈远澍保持着静止的姿态。

他听到了另一个人的呼吸声。

一分钟过去，没有枪响，没有任何动作，陈远澍暗暗苦笑，打开了灯。

沙发上坐着一个身型高大的男人，他显然是预料到了陈远澍的一切动作，漫不经心地摘下了墨镜。

陈远澍太了解这个人了，他表现得越平静，实则越愤怒。两个人都没有说话，陈远澍坐在对面，脱掉了黑色的外套，内里的白色衬衫上浸染着大面积的已经干涸的血迹。

他动作优雅地将衬衫袖子挽起，露出自己受伤的小

臂和满

繁瑾右脚踩住茶几，直接翻越过去，一拳朝陈远澍的面门挥去。

陈远澍侧卧翻身，堪堪躲过，几乎是下意识地接上反击的动作。但他的拳头被廖繁瑾接住了。就像他们两个人曾经无数次切磋时那样，廖繁瑾一把握住陈远澍打来的拳头，另一只手握住他的手腕，将他从肩上反摔在地。以往，陈远澍会迅速地弹腰起身，借力缠斗。可这一次，陈远澍试图起身时却没有了力气。

就是一瞬间的失误，廖繁瑾的拳头便重重砸在了他的小腹上，陈远澍猛烈咳嗽，看着十分狼狈。

廖繁瑾用一只手钳制住陈远澍的两只手腕，另一只手快速掐住了他的脖子，慢慢用力。他看着这人逐渐泛红突起的眼睛和他因窒息而涨红的脸……四年间的记忆突然不受控制地向他涌来——陈远澍是廖繁瑾最信任的人，因为他聪明、能打，还不要命。可没想到，有一天，他竟然会用这些优点来算计自己。

陈远澍眼前阵阵发黑，用仅剩的意志拼命支撑着自己不要晕死过去。他察觉到了廖繁瑾的失神，抓住机会大口呼吸，却没有力气再从地上爬起来。

BURNS

burns at a touch

At

这群大学生原本就互相认识，对许昀和周驰这样临时加入的队友也比较热情，两个女生还笑嘻嘻地找周驰搭话，问他们是附近学校的学生还是社会人士。

“我们是忙里偷闲的‘打工人’啦，在梧桐路的宠物医院工作。”周驰说，“离这边还挺近的，所以今天就过来玩了。”

“哇，是宠物医生。”叫晴晴的女生小声惊呼，又看了在旁边没说话的许昀一眼，有点不好意思地笑，“我以为你们是研究生在读的帅学长呢，刚刚还跟朋友打赌来着。”

听到这话，许昀也只是笑笑，没有接话，恰好这时店员过来说可以进了，他们几个便陆续进了密室。

进门前许昀看了背景介绍，他们所处的位置是一位性格古怪的老人的家。老人前些日子刚刚去世，名下房产由独女继承，但那位小姐却说什么也不愿意踏足这间屋子，而是请来了六名侦探，让他们代自己解开父亲房间里隐藏的谜题。这六名侦探自然就是六名玩家在游戏里的身份，不过眼下的情况嘛……

游戏开始后许昀才发现，他好像是这个队伍里为数不多能派上用场的人之一。周驰挑的这个密室恐怖元素大于推理，线索埋得不算深，但又多又杂还有干扰项，他把收集到的所有线索过了一遍，无视和妹子们一起被吓得六神无主的周驰，朝两个男生里相对比较淡定的那个招招手：“方便来帮个忙吗？”

根据刚才的自我介绍，那个男生应该是姓余。他长了张让人想不注意都难的脸，高高瘦瘦的，穿着宽松的黑 T 恤和牛仔裤。起先和许昀一样双手插兜在旁边闲逛，满脸写着“局外人”三个字，这会儿被他喊过来也只是问了一句：“怎么了？”

许昀看了男生一眼，把手里列好线索的便签纸递过去。

“数独会吗？会的话你来解吧，我处理其他线索。”

对方显然兴致不高："哪怕什么都不解，时间到了他们也会开门的。"

他们的同伴被刻意设置的恐怖线索吓得吱哇乱叫，显得在这边讨论要不要解谜出去的他们俩有点滑稽。

许昀："你来这儿不玩解谜，光等着他们开门放人啊？"

"无所谓，"对方还是一脸不感兴趣的样子，直白地道，"反正我只是被拉来凑数的，他们玩得开心就行。"

男生不置可否，反问道："你不也是被拉来凑数的吗，怎么这么积极？"

许昀耸了耸肩，坦诚道："我想早点出去，所以不在乎为此动动脑筋。"

"哦，那看来你也没有多在乎你的朋友。"男生一针见血地指出他的纰漏，"他在那边被吓得够呛，没有游戏体验，而你只想着赶紧把题解了从这里出去。"

因为这句话和实话差不了多少，所以许昀并不反驳他尖锐过头显得有些恶意的猜测，继续低头看线索。

结合背景过滤掉无用的信息还是比较简单的，老人是数学爱好者，被当作密码使用的几个小游戏都和数学相关，全都由他来解也不是不行，但耗时太多不划算。眼下显然不能指望周驰，屋里还能冷静思考的只有他们两个人，既然眼前这位不愿意帮忙，他就只能靠自己了。

他占据了屋里唯一有条件拿来分析线索的书桌，把几张纸条在桌面上一字排开，然后从口袋里摸出一支笔，开始解那个没分被出去的数独。

男生站在原地没动弹，似乎是觉得比起去陪被吓的同伴，还是看他解题比较有意思，于是留了下来，不仅光看不动手，还问他："你随身带笔？”

“职业习惯。”

许昀随口说着，在九宫格里填上答案，又对照线索把其中四个数字连在一起。没有意外的话，这七位数就是老爷子保险柜的密码了，他把数字记下来，正要继续看其他线索，旁边忽然伸出一只手来，拿走了写着密码的纸条。

男生借着屋里昏暗的灯光低头看了眼纸条上的数字，摇摇头道：“错了，应该反过来。”

“嗯？”

“日记里提到他是照镜子时想起的密码，然后把它藏了起来。”男生把纸条放回桌面上，取过许昀的笔重写了一遍密码，“如果他是在镜子里看到的话，这行密码应该是这样。”

镜像反转后，原本的 2158 变成了 8215，许昀想了想，觉得他说得挺有道理。

“那试试？”许昀拿起纸条，指了指藏在书桌柜门里的保险箱。

男生耸耸肩，做出请便的动作。

许昀弯下腰，在密码盘上输入“8215”后立刻听见了机械运作的动静，随后“嘀”的一声响，保险箱的门应声而开。

成功解开了第一步，后面的谜题很快都迎刃而解。嘴上说着不要的男大学生加入了许昀的解题行列，把这位老人家的生平梳理得清清楚楚。钟旭，享年 71 岁，生前喜欢收集各种稀奇古怪的小游戏，会神经兮兮地把自己认为重要的东西用谜题藏起来并以此为乐，他去世后财产理应由独女继承，但委托人什么也没有得到，还被房间里的东西吓得够呛，所以才找了几名侦探代为调查，希望能解开父亲留下的谜题，找到自己没能继承遗产的原因。

故事脉络基本理清楚了，接下来要做的就是看保险箱里有没有能让他们开门出去的钥匙。许昀把里面的东西全都掏出来堆在桌面上，正要继续逐件分析，旁边突然放下一个凳子，随后刚才给他密码提示的人在凳子上坐下了。

“分我一半吧。”男大学生冷着脸说。

接下来就是他们俩共同的表演时间，被吓得够呛的队友终于发现有两个人离队了，纷纷求救般回到他们的庇护下。

“遗嘱在床头的暗格里，密码……应该是 161914。”

“这什么，日期？”提问的晴晴眼里满是求知欲，显然完全没搞懂这个答案是怎么来的。

与此同时，许昀终于完成了最后一个有用线索的破解，宣布男大学生得出的是正确答案：“就是 161914，去开门吧。”

周驰多少有点不信邪，顶着层层恐惧冲到床头去试密码，不多时果然满脸诧异地拿着遗书回来了。

这就算完成开门任务了，拿到遗嘱之后，密室大门打开，他们却还不舍得走，尤其是周驰，像是终于从恐怖氛围里回过了神，揪着许昀一个劲地提问：“你俩有点神啊，这密室我看评价都说很难的，解这么快？”

“一些逻辑小游戏而已，”许昀笑了一下，又看了看脑子显然很灵光的临时搭档，解释道，“难度估计在于筛选有用信息上，不过有些人就是天生很敏锐的，比如这位能靠一半信息排除干扰项的——”

“他叫余近南。”

晴晴积极地补上了许昀卡壳的内容，被余近南本人不咸不淡地瞥了一眼，又讪讪地闭上嘴。

“你说说思路呗，证据我们就不看了，刚才我被吓得够呛，不过了解下解谜思路还是挺有意思的。”周驰道，“他干吗在自己房间里整那么多吓人的东西啊，跟拍恐怖电影一样。”

“那些都是干扰项，就是分散玩家注意力用的，剧情上的解释就是他活得很痛苦，经常会出现幻觉，所以收集了许多自己感兴趣的灵异传说和解谜游戏，把家里弄成了一个带密码的鬼屋。”许昀倒是不介意解说一下完整思路，不过他更感兴趣的是余近南猜出最终答案的过程，于是主动把话题递给了对方，“至于解题思路……请我的搭档说说看？”

余近南和他对视两秒，最终败下阵来，认命地接过了解说的任务。

“他晚年一直独居，女儿并不关心他，床头抽屉里备有大量止痛药，日记里也说自己浑身病痛难以治愈，可见他虽然富有，但过得并不好。至于暗格密码，是我猜的，日记里大量出现过‘pain’这个词，而止痛药是对乙酰氨基酚，同样是‘pa’开头的单词，也是我心里的候选项之一，不过因为密码是六位数，所以我最终锁定了‘pain’，‘161914’是这四个字母在字母表里的排序。”

“基本是跳过一半过程直接得出最终答案的省力型解法。”许昀含蓄地评价道。

确实省力，不过这道题也没那么难，床头暗格的密码有三次试错机会，所以值得冒险去猜，换作他也会填这个答案试试。

游戏已经结束，工作人员都进来清理现场了。被工作人员提醒后，余近南率先站起来往外走，步子迈得飞快，一副完全不想在这里多待的模样。相比之下，倒是刚才说想早点出去的许昀突然发现了点乐趣，笑着给其他人多解释了两句，然后才和周驰一起出了房间。

几个学生晚上还有课，这就要回学校去了。大约是刚才被吓出了革命情谊，周驰出了门还恋恋不舍地回头跟晴晴他们告别，许昀在店外等他的时候看见余近南已经自己走到公交站等车了，想了想，还是没有过去搭话。

他觉得这人挺有意思的，乍一看会以为余近南有些孤僻，接触一下就会发现，多半是个不善言辞面冷心热的内向小孩吧。许昀想。

02

那天周驰被吓得够呛，之后几天都惊魂未定，值班碰上许昀都要跟他诉两句苦。许昀觉得好笑，问他不是你自己非要去玩的吗。周驰无话可说，转而寻找同一阵营的对象诉苦。

“欸，那几个一起玩密室的大学生你还记得吗？”早上没活，周驰聊了小半天微信，午休时跟许昀说，“我跟那个妹子聊了几句，原来他们是同一个社团的，那天是出去社团活动，正好碰上咱们俩。”

“哦，”许昀正给一只出院猫咪的主人交代注意事项，随口道，“什么社团？”

“不是学校那种社团，就是他们学生自己组织的，平时救助一些大学城里的流浪猫狗。”周驰打开聊天记录给他看，“喏，我刚跟她说可以带猫过来，反正咱们院里给流浪猫绝育能打折。”

“挺好的，”许昀说着，又想起那个惹眼的余近南，随口问，“他们社团就上次那几个人吗？”

“还有几个吧，不过上次去的都是核心成员了。”周驰果然如他所料地谈起了余近南，“他们贴钱给流浪猫花挺不容易的，也不是总靠学生捐款——上次那个余近南家庭条件好像挺不错，妹子说活动资金总是他在垫付。”

再打听下去就不礼貌了，周驰显然也不会知道更多。许昀点点头，没再多说什么。

接下来的几天里周驰一直在跟那个社团的学生对接，陆续接收了两三只身体有问题或适龄绝育的猫，许昀值班时在医院碰到过晴晴两次，对方还主动过来和他打招呼："许医生你好呀。"

"辛苦了，"许昀朝他们笑笑，"从学校过来挺远的吧。"

"嘿嘿没有，我们搭余近南家的顺风车过来的。"晴晴把猫包递给他，又解释道，"就是上次在密室和你一块解题的那个男生，他正好被姐姐叫回家，就捎了我们一程。"

许昀点点头："当然记得。"

他不善于聊天，谈了几句就把猫带进去做检查准备手术，以至于送走他们以后周驰过来笑着打趣他："刚刚小姑娘问我你是不是觉得烦，都不愿意搭理他们。"

许昀觉得莫名其妙："我什么时候不愿意搭理他们了？"

"你工作的时候就是很专注啊，连我都不怎么搭理。"周驰搭着他的肩膀抱怨，"平时看着温温柔柔挺好相处一人，就这点不好，不知道你以后的对象会不会抱怨你太冷淡。"

其实这只是句无心的抱怨，不过听者有心，许昀后来反思了一下，觉得自己有时候确实有些冷漠。

他今年 26 岁，年纪不大不小，身上背着房贷但没什么太大的生活压力，一人吃饱全家不饿，喜欢猫猫狗狗也不用自己养，平时在医院里就能肆意播撒爱心，总体来说是种比较惬意的生活状态。不过周驰说得对，他没有交往对象，和家人的亲情也很淡薄，即使自认在待人接物上已经尽可能平和，偶尔仍然会忽视身边人的一些情感需求。

这会让他思考，但还没到会造成烦恼的程度，许昀想，也许等碰到合适的人就好了。

今天许昀值夜班，他才刚在折叠床上躺下，就听见门外传来脚步声，随之而来的是前台的召唤："许医生，有急诊。"

值夜班多数情况都是整夜无事发生的，可一旦来了急诊，通常都得忙上大半宿。突发情况许昀早就习惯了，匆匆把自己打理好就出门下楼，结果等他到了楼下，看见的却是意料之外的人。

余近南安静地站在前台等着，脸上没什么表情，只是垂眸盯着自己面前的快递盒，盒子里有只……惨不忍睹的小奶猫。

许昀只怔愣了一瞬间，很快回过神来，快步朝对方走去。

"什么情况？"他问余近南。

许昀一边了解情况，一边把盒子端了起来，看清小猫的样子后忍不住皱起眉头。

余近南表面上很淡定，过快的语速却暴露了他的着急："宿舍楼下捡的，被捕鼠板粘住了，好不容易才弄下来。"

"猫太小了，不好处理。"许昀捧着盒子进了诊室，戴上手套检查了一下小猫的状况，眉头越皱越紧，"怎么粘上的？眼睛也有问题，猫妈妈呢？"

"没找到，"余近南说，"前几天还看见了，猫妈妈平时都在我们宿舍楼附近活动，跟人很亲近，但刚才我怎么也找不到，小猫本来也不止这一只，但现在都不在了。"

可能是被吓跑了，也可能是去想办法救这只小猫崽了，不过现在顾不上去找它，当务之急是把身上沾满粘鼠胶的小猫救下来。

余近南挨着许昀站着，也不舍得走开，眼睛盯着小猫一动不动，看起来很沮丧，像是因为这可怜小猫的境遇而自责。许昀看了他一眼，没急着开口安慰，而是叫来同事准备植物油，打算先给小猫清理一下身上的粘鼠胶。

"其实我们一般不会给这么小的猫咪洗澡，不过情况特殊，没办法了。"

许昀先给小猫身上抹了油，轻轻揉搓它满是粘鼠胶的毛发，等油把胶水溶解了大半再弄下来。小猫倒是很乖，只是弱弱地叫了几声，嗓子都是哑的，许昀低声哄了几句，它就乖乖地不叫了。

粘鼠胶弄干净后他用温水轻轻地给小猫擦洗，把油脂洗掉才拿来毛巾把它裹起来擦干。过程里许昀连呼吸都放得很轻，因为太过专注，几乎都忘了旁边还有个大活人正一声不吭地站着看，等许昀梳完毛抬手想叫护士拿个小毯子过来时，才听见余近南的声音问："要什么？"

"你怎么就这么站着，"许昀扭头看了他一眼，无奈道，"旁边不是有椅子吗，不累啊？"

男生摇摇头，眼睛盯着小猫没移开过，又重复了一次自己的问题："你要拿什么？它好了吗？"

"你帮我去后面蓝色柜子里拿个小毯子吧，等下给它盖的。"许昀也不纠结，把裹在毛巾里的小猫揉揉搓搓滚了几下，见它挺有精神，多少放心了些，"小猫弄干净以后先进保温箱里观察，其他检查回头再做。能熬过今晚，进食和排便都没问题的话就算是挺过去了。"

许昀洗猫的过程中，余近南一直站在他旁边盯着，等他把猫弄干净放在垫子上，这家伙才往旁边挪了半步，但视线仍追着小猫跑。

小猫被擦干后毛发变得蓬松了很多，趴在尿垫上，有点虚弱地"喵喵"地叫着。许昀摸摸它，又见余近南一脸想碰不敢碰的模样，忍不住笑起来。

"刚洗过手了吗？可以摸一下。"

于是余近南小心翼翼地伸出一根手指，摸了摸小猫毛茸茸的头顶。

和许昀印象中那个密室里的冷面侦探不太一样，现在余近南的样子看起来紧张兮兮的，有点笨拙又有点可爱。

这小孩儿也不是那么冷淡嘛。他想。

03

把小猫送进保温箱后，许昀又找来注射器给它喂了点羊奶，边喂边回头问还跟在旁边的余近南：“你们宿舍没门禁吗，一点多了还不回去？”

余近南摇摇头：“我家在本地，没关系。”

和那天在密室里懒洋洋对什么都提不起兴趣的样子相比，这会儿他倒是显得乖了很多，凑在许昀旁边看保温箱里的小猫，也不说话。许昀扭头去看他时有些意外地发现他正皱着眉头，脸上流露出很明显担心和自责的情绪，想了想还是开口安慰道：“你做得很好了，没有你，它肯定熬不过今晚。”

小猫被粘鼠胶粘住是个意外，余近南也不是主人，许昀觉得他自责得过了头，又感觉直说有点不太礼貌，只能随口安慰几句想让他放宽心。不过显然余近南不这么想，他叹了口气，见小猫吃饱了睡得很香，才转移视线不再看它，低声道：“我应该早点发现那几块粘鼠胶的，可是最近太忙，今晚回宿舍听见它叫的时候已经晚了。”

他不再沉默，给许昀讲了些学校里的事。原来他们的校内救助行动一直不太顺利，虽然校工还算配合，但总有认为流浪猫破坏校园生态的人明里暗里给他们使绊子。他们本来打算等这窝小猫长大一点，给母猫做完绝育手术再一起找领养的人。谁也没想到会出这种事，校工没有用粘鼠胶的习惯，所以窗台下的那几块粘鼠胶大概率是有人知道男生宿舍楼下有窝小猫，故意放在那里的。

关于如何对待流浪猫的冲突并不少见，但如果真到用粘鼠胶故意“捕猎”的程度，也实在太残忍了。许昀当然不赞同这样的极端做法，余近南解释过后他也能理解对方的自责从何而来，不过……

“老实说，上次一起玩密室逃脱的时候，我以为你会是个更加冷静理智的人。”他说。

“为什么？”余近南抬眼看他，显然是因为他的话感到有点不高兴。

“嗯……很难形容，大概是你解谜的样子真的很能唬人？”

许昀还记得那天余近南嫌麻烦又忍不住坐下来帮忙的样子，和眼前这个因为没保护好一窝小猫感到自责的年轻人看似格格不入，又能微妙地重合在一起，既矛盾又和谐，还挺有意思的。

余近南皱着眉，看起来不太能理解他的思路，却不甘示弱般道：“你也和上次给我的感觉不太一样。”

“哦？”许昀好奇道，“我上次给你留下什么印象了？”

“很怪，像个大好人，但好像又不是很好，看起来很体贴不去麻烦别人，其实是个相当随心所欲的家伙。”

余近南给出了一个让他有些意外的答案，意外在这答案和他的自我评价莫名相近。

“那现在呢？”前半段的贴切让许昀对答案的后半段愈发好奇。

“……随心所欲但心肠还不错的医生。”

这就太流于表面了，和第一印象相反，不是许昀想要的答案。

回过神来许昀才发现他居然在用余近南这面镜子照自己，这件事本身就有点滑稽，不过对方看人很准，第一次见面就能透过现象看本质，许昀觉得这也不算是件坏事。

送走余近南后，许昀照看那只小奶猫到凌晨三点多，见情况基本稳定才上楼休息。等他早上七点多被闹钟叫醒准备巡房时，才发现新好友里那个昨晚才熟悉起来的名字十分钟前给他发了条消息："我八点过来看小猫。"

这么早？他挑了挑眉，回复道："你没睡？"

"睡了，"余近南给他发语音，"我在吃早饭，待会儿就到。"

他说待会儿到就真的是待会儿到，没多久就来了，居然还给许昀带了早饭。许昀拎着他带来的豆浆和肉包子愣了愣，还没想好该不该吃，余近南已经头也不回地往昨晚的诊室走去："吃吧，加班补助。"

小奶猫坚强地活过了昨晚，已经从保温箱里挪了出来，见余近南过来还挣扎着爬起来冲他喵喵叫。许昀跟在他后头进来，笑着说："小家伙现在有劲了，刚刚肚子饿，叫得比这还大声呢。"

趁着余近南和小猫玩的时候，许昀到外边去把早饭吃了，再回来时余近南正好站起身，说："我先把费用结一下吧。"

他是真不缺钱，和给猫做绝育前要优惠价的同学不一样，说多少就是多少，眼也不眨地就扫码付款了。许昀开好检查单让同事去给小猫做各项检查，又问他之后打算怎么办。

余近南显然还没拿定主意，想了想，说："还不知道，我打算今天先回学校找猫妈妈和其他小猫，它就先继续住院吧。"

许昀点点头："也行，等过几天它活蹦乱跳不用住院了就让周驰先弄家里养去，他家有大猫，还能来点幼儿园教学。"

余近南愣了愣："周驰？"

"就上次拉我去玩密室逃脱的那个，"许昀也跟着愣了愣，"怎么，你没记住他名字？"

余近南摇头："昨晚问了一圈，陆晴晴说你们医院有夜班，我就来了。"

许昀忍不住笑了一下，又问他："那你是不是也没记住我的名字？”

余近南抬眼看他，许昀眼疾手快地捂住自己胸前的铭牌，免得他光明正大地偷看答案。两人僵持几秒，最后余近南勾起嘴角笑着看许昀那只遮挡答案的手，说：“怕我偷看？”

“嗯哼。”

“要作弊早就看了，还能等到现在吗。”余近南笑容不变，重新低头去看手机屏幕，确实没有偷看的意思，“别担心，我记得你叫什么，随心所欲的许昀许医生。”

他长得很好看，睫毛浓而黑，垂眸时会半掩住那双让人印象深刻的眼睛，说这话的时候，语气里有小小的得意。不过许昀确实为余近南记得他的名字感到高兴。

04

余近南救的小猫住院没几天就活蹦乱跳了，它在护士的精心照料下吃好得喝得好，体重涨得飞快，小肚子吃得圆滚滚的，已经有了点毛绒球的样子。

许昀把该做的检查都做完后就把猫托付给了周驰，在找到合适的领养人之前都寄养在他家里。余近南对此没什么意见，这段时间他不仅要上课，还要在学校里抓放粘鼠胶的人，连住院费都是转给许昀让他代缴的，实在没什么时间来看小猫。

期间他们一直每天保持联系，余近南不爱说话，发消息却不受这个特点影响，偶尔会和许昀聊两句学校里的事，但更多时候是在谈找猫的问题。许昀很少和同事以外的人保持这样的交流频率，可以说已经破纪录了，起初他不明白自己出于什么动机一直和余近南聊些有的没的，到后来才意识到这也是养猫的一种模式，叫“云养猫”。

许昀会把周驰拍的小猫照片发给余近南，起初每次都会得到一句“谢谢”，后来余近南好像觉得不需要了，就给他回个小猫点头的表情包。

就在这两周里，夏天最热的时候携着台风悄然降临，把整座城市几乎不间断地浇得透湿，又用热气把它变成蒸笼。偶尔下完雨会凉快些，但多数时候都是熬人的闷热，医院里整天开着空调，许昀上下班出门时眼镜片都得起雾。

他不太喜欢雨天，但不可否认的是，暴雨总会带来一些不期而遇的东西。

这天他上班时在路边花丛里捡了只没断奶的小奶牛猫，个头比余近南捡到的那只大点，检查完没发现什么问题，正打算下班给今天休息的周驰送过去，结果又在医院门口捡了只“新猫”。

大个头的，目测身高一米七八，被淋得湿漉漉，身上一直在往下滴水，看起来很沮丧的一只“大黑猫”。

“你还好吗？”

许昀观察了片刻，终于还是开口问站在门口的余近南。

没有得到他的回答，不过显然不太好。

外面还在下雨，也不知道他是怎么来的，能被淋得浑身上下都湿了个透。许昀给余近南拿了干毛巾擦头发，见他一副不想说话的样子，也不多追问什么，不过翻遍自己的储物柜也没找到他能穿的衣服，只好退而求其次地问：“介意穿一下手术服吗？我早上刚把备用上衣换掉，实在没有别的干衣服了。”

余近南总算抬头看了他一眼，瞥见手术服的全貌后立刻拒绝道：“不要。”

好吧，也不怪他，手术服实在不太好看。

“那你也不能就这么湿着啊，会感冒的。”许昀想了想，改口道，“我家就在附近，步行五分钟，家里有新衣服可以换，你要不跟我回去洗个热水澡？”

大约是湿衣服黏在身上实在太难受，余近南犹豫了片刻，勉强同意了。

许昀的房子才买没几年，普通的三室一厅，严格说来，余近南好像是许昀搬进来以后第一个来家里做客的人。他给余近南倒了杯水，然后找出新的毛巾和家居服让对方去洗澡，嘱咐道：“衣服换下来扔洗衣机里就好，一会儿洗完直接给你烘干。”

余近南抱着衣服去了，没两秒又从浴室门口探出头看他：“我想看米粒。”

米粒就是被粘鼠胶粘住的小猫，因为嘴里刚冒出两颗小米粒大小的牙齿尖尖，于是获名“米粒”。想到周驰家离得也不远，许昀没多想就答应了：“可以啊，你先洗，洗完我带你去。”

余近南这才关上门洗澡去了，没一会儿顶着个湿漉漉的脑袋出来，一边胡乱用毛巾擦着一边朝他抱怨：“你家这个热水器出水好烫，我差点被浇熟了。”

“可以调温度的，就在头顶上。”许昀失笑，“怎么不喊我，就这么洗完了？”

被一通暴力蹂躏后余近南的头发乱得像个鸡窝，他也不吹，胡乱擦得半干就把毛巾也丢进洗衣机里，等许昀开了洗衣机再回头，他已经捧着杯子喝了半杯水，然后再次催促道：“我想看米粒。”

许昀盯着他看了两秒，确认这人的情绪比刚才在医院门口时稳定多了，这才点头应承：“我给周驰打个电话。”

他还没找到合适的时机问余近南这是怎么了，不过想也知道，大约和米粒的妈妈还有兄弟姐妹有关。既然余近南现在没想开口，他也不急着问，先把人带到周驰家里看小猫。

周驰住在离许昀家不远的老小区，打个车十分钟就到，对许昀突然带着余近南上门看猫的行为他表现出了十足的八卦之心，趁余近南看米粒的时候一直拉着许昀偷偷问这是怎么回事。

“我也不知道，他要看就带他来了。”许昀耸耸肩。

“他这是刚去了你家？这衣服我怎么瞅着怪眼熟的，是你的吧？”在这种无关紧要的时候周驰的观察力总是格外敏锐。

许昀无心给他贡献八卦素材，三两句话把人打发了去点外卖，然后弯腰在余近南旁边坐下，问他：“晚上在这儿凑合吃点？周驰说他请客吃酸菜鱼。”

余近南抱着米粒盘腿坐在地上，很没精神地驼着背，不知正在想点什么，闻言只是“嗯”了一声，又低头去看正在玩毛线球的小猫。

“我今天找到它妈妈了。”余近南轻声说。

米粒玩球玩得起劲，似乎已经忘记了自己还有妈妈和同胞兄弟姐妹，可余近南还记得，而且努力找了很多天，直到今天才在楼顶的杂物堆里找到它们。几只小猫淋雨过后严重失温，已经不会动了，猫妈妈也瘦得不成样子，见到他时警惕地弓起背发出威胁的声音，全然不复之前的温顺。余近南费了不少心思才把它身下的小猫抢出来，可惜检查过后发现它们已经停止呼吸了。

他没有别的办法，只能把猫妈妈和小猫一起放在纸箱里，想着至少把它们送到医院去。结果下楼时猫妈妈从纸箱里蹿出来，给他留了两道爪印做临别礼物，然后就跑得不见踪影，直到余近南把三只小猫找地方埋好也没再出现。

“应该是它带着孩子躲到天台上，结果被困在里面出不来，这些天因为台风也没人上去，所以……”

“不怪你。”许昀说。

余近南摇摇头，叹了口气：“我今天看有人问宿管下雨怎么晒被子才想到天台没找过，要是早点想起来就好了。”

情绪上来的时候就像涨潮，被看不见的引力牵扯着往前，一时半会儿退不下去。许昀明白现在怎么安慰他都没用，只好道：“至少你救下了米粒，别太难过。”

他起身走开，让余近南和米粒单独待了一会儿，直到外卖来了才喊他吃晚饭。那时余近南看起来已经好多了，除了眼睛还有点红以外和平时没什么两样，坐下后很客气地对周驰说：“谢谢你帮忙照顾米粒，周医生。”

“小事，别客气。”周驰被他这郑重的架势弄得有点受宠若惊，连声招呼他吃饭，“听说你今天还淋雨了，赶紧吃点热乎的。”

也不怪周驰反应这么大，现在余近南看起来乖得出奇，和那天密室里的样子实在出入太大。许昀笑了笑，正要开口说话，却瞥见余近南宽大袖口里露出的小臂上有几道颜色暗红，已经被水泡得发白的伤口。

上衣是他的，穿在余近南身上大了一个号有余，伤又在手臂内侧，一路上被有意无意地掩盖得非常好，直到他端碗吃饭才露出来。想到刚才他说猫妈妈逃走时挠了他一下，许昀皱起眉头，语气是连自己都没发觉的严肃：“余近南。”

“嗯？”余近南浑然不觉，端着碗看他。

“胳膊是不是被猫抓伤了？”

这时想藏已经来不及了，余近南只好亮出小臂内侧的伤口让他检查，还没等许昀说点什么呢，周驰已经“噢哟”一声跳起来去翻药箱：“你这伤口没处理啊，我去给你拿点东西赶紧洗洗。”

许昀跟着他去了，不一会儿拿着洗剂和棉签回来，把还没吃上两口饭的余近南拎进了卫生间。

伤口有点深，不过血已经自行止住了，大约是泡过雨水，边缘已经肿了起来。许昀让他举着胳膊悬在水池上方，自己拿了棉签用洗剂给他消毒伤口，虽然不疼，但皮肉被棉签翻弄的感觉不太好受，余近南还是皱了皱眉。

“疼？”

“不疼，”余近南说着，不去关注自己的伤口，居然盯着他笑了一下，“许昀，你的关心好像没那么浮于表面了。”

余近南笑起来确实非常好看，许昀想，害他把已经到嘴边的责备都咽了下去。

许昀只能无奈地改口：“要不是真的关心，我也用不着费劲把你拎进来洗伤口。”

虽然比许昀小了好几岁，但余近南执着地从不称呼他为“哥”或“许医生”，而是直呼其名。许昀并不在意这种形式上的东西，直到刚才晚饭后周驰半开玩笑地说他们关系也太好了，他才有点不解地问：“有吗，感觉和我们俩差不多。”

“余近南叫我什么你记得吗？周医生。”周驰说，“我是医生，但你是许昀，你说区别在哪儿？”

……

许昀无话可说，因为他也觉得周驰说得对。

余近南确实很跟他更熟络一些，像只亲人又刻意保持距离的猫，看起来乖，其实心思多得很。他也没想太多，就当交了个奇怪的朋友。

但他摸不清这只“猫”心里到底在想什么，只能偶尔给他撒把猫粮，再顺顺毛，他需要这些时会凑过来蹭蹭，他不知道什么时候就又跑了，真和投喂流浪猫没什么两样。

眼下余近南正乖乖让他抓着胳膊清理伤口，还在试图就“打不打狂犬疫苗”这个问题进行抗争：“我觉得没事的，学校里没有流浪狗。”

“不是只有流浪狗会携带狂犬病毒，”许昀耐心地为他解释，“很多野生动物都可能是携带者，包括流浪猫。虽然不确定猫妈妈有没有，不过保险起见还是去打吧。”

“我小时候被狗咬伤去打过，觉得好疼。”余近南蔫蔫道，“不太想打。”

“我建议你严肃点对待。”许昀说，“明天我休息，陪你去打。”

他说这话时语气温和得像在哄小孩，可惜余近南不太买账，下意识道：“你陪我去有什么用，该疼还是会疼啊，难道还要像小时候那样在旁边说‘痛痛飞走’……”

话说到一半，他自己闭上了嘴，不知想到什么，红着脸不再开口了。

许昀本来想笑他没长大，这会儿再说好像也不太对，跟着安静下来，给他把伤口洗干净，然后说：“为了不让你临阵脱逃，今晚住我那里吧。”

“啊？”

“知道你难过，但也不要太难过了，其他小猫的事不怪你。”

余近南呆了呆，说不出自己不难过这种谎话，可许昀把他看得太透，又让他有点不好意思。

许昀拍拍他的背，出去了，估摸着时间留他在里头自己待了一会儿，等余近南再出来时果然看起来好多了，就着快要冷掉的菜连吃两碗饭，看得周驰目瞪口呆。

05

得到主人的批准，余近南把米粒带进了许昀的家，一人一猫占据客房睡了一晚，第二天余近南早早地就被带到防疫站去打疫苗。

怕打疫苗这件事他确实没说谎，开好单排队等注射时苦着一张脸站着，连路过的护士都忍不住调侃他："小伙子，怕打针啊？"

许昀就在旁边看着，余近南本来是觉得有点丢面子，想装得淡定点的，可等护士把针头亮出来打算往他手臂上比画了，童年回忆还是让他有点怵，下意识地挪了挪位置，往许昀的方向靠去。

"别动，很快的。"许昀按住他的肩膀，调整方向让护士扎针。

说来也怪，大约是许昀的声音里有某种魔力，说完这话后余近南好像真不怕了，他也不知自己在想些什么，等针头从自己胳膊上拔出去才回过神来："完事了？"

"那不然呢？"许昀觉得好笑，又觉得他特别有意思，忍不住多逗了两句，"小朋友，针打完了，我们到旁边去留观半小时再走。"

话音未落，许昀立刻为自己的言行付出了代价——余小朋友面不改色地从他的脚上踩了过去，在休息区找位置坐下。

病患本人走了，护士只好把填好的疫苗信息注射单还给许昀，交代了一堆注意事项，譬如忌生冷别吃辣之类的，这些许昀当然都知道，不过还是笑着听完了才过去找人。余近南真的像个没有家长陪同的小朋友，孤零零地坐在休息区的椅子上等他，见他过来便理直气壮地朝他伸手。

许昀还装傻，问他："干什么？"

"单子。"余小朋友说，"我看看下一针什么时候打。"

他说看看就真的只是看看，看完又把单子塞回给许昀，并在后者询问的目光注视下理所当然地道："你非要我打的，下次打针之前记得提醒我。”

在余近南的要求下，许昀当真按时提醒他去打针，省去了他不少工夫。三针疫苗一直到八月份才打完，那会儿余近南学校都放假了，于是他变得比平时更闲，没事就跑到医院来找许昀玩。

他其实不怎么爱在家待着，按他的说法是和家里人有点矛盾，只有姐姐对他最好，所以偶尔他不想留在家里就会跑到姐姐的公寓去。当然了，现在余近南有了更好的去处——许昀家那间客房一直空着，如果他夜里不想回家，就会想尽办法找借口跟着许医生到他家里去住。

米粒的领养人经过几轮筛选，最终定下了一个独居的白领小姐姐，送养那天余近南有个资格考试，踩着提前交卷的点儿打车赶过来，正好赶上送米粒上车。

刚救下时只有巴掌大的小奶猫现在已经被周驰喂得圆滚滚的，一点也不怕人，在航空箱里中气十足地“喵喵”叫着。小姐姐看出余近南舍不得，主动和他交换了联系方式，说欢迎他定期过来看看米粒。余近南起先说好，不过想了想还是改了口：“算了，你多发点视频照片吧，我看看你的朋友圈就好。”

既然决定把猫送出去，那就不应该挂念它太多，知道它一切都好就足够了，没必要去打扰它和新主人的生活。

为了庆祝米粒找到新家，那天晚上余近南主动提出要请许昀和周驰吃饭，许昀难得开车出门，载着他们去了余近南指定的餐厅。去之前不知道，到了地方才发现这餐厅开在商场里，就在他们第一次见面的那家密室楼上，说是巧合未免巧得过头，这多半是主动请客的人事先选好的。

许昀看破不说破，等着他主动露出狐狸尾巴，果然，坐下以后余近南故意指了指楼下的招牌，对周驰说："周医生想玩的话，吃完我们可以下楼玩。"

周驰瘾大，立马上钩，连声道："好啊好啊，两位大佬带带我。"

余近南看起来想笑又绷住了，只含蓄地抿了抿唇，又问坐在另一边的许昀："那你要不要玩啊？"

出于想看看他葫芦里卖的什么药的心态，许昀欣然应允。于是他们吃完晚饭下楼去了那家密室逃脱体验店，在店员的推荐下选了新出的解谜本《三人成行》，恰好不用再加陌生人。

上次来的时候他们还是陌生人，这次已经像是多年老友，说笑着进了密室，听见身后的门关上时连周驰都不慌，还揽着许昀的肩膀和他打赌自己今天绝对不丢人——

下一秒，天花板上猛地垂下一具倒挂的"尸体"，宣告游戏开始。

周驰："哇啊啊啊啊啊啊老许救命啊！！！"

余近南忍了一路终于破功，捂着肚子哈哈大笑。

他们俩一个被道具吓得满地乱窜，一个阴谋得逞笑个不停，显得站在中间的许昀格格不入，无奈地摇摇头，独自去搜刮线索了。等余近南笑完了跟上来，许昀才装模作样地训了一句："选这种密室，你想没想过把他吓坏了怎么办？"

"不会的，"余近南一本正经地说，"我进去前偷偷问了店员，这里面就这一个吓人的点。"

换言之他只是想恶作剧吓周驰这么一下，后面都是解谜，不至于真把人吓坏。可惜事与愿违，周驰这次被吓得不轻，尾巴似的黏着他们俩不放，基本是许昀走哪儿他跟哪儿，许昀身边站不下了他就去跟余近南。两人被这狗皮膏药黏得施展不开，回头都怕再吓着他，没办法，许昀只好搬了个板凳让周驰在旁边坐着："你别动了，晃得我眼晕。"

再回过头时，他对余近南说："看看你造的什么孽。"

"下次不敢了，真的。"余近南笑着举手保证。

他们又像上次一样把收集到的线索分成了两半，许昀和余近南各执一份，想看看在只有一半线索的前提下谁先解开大门机关。好好的密室逃脱被他们俩玩成了解谜竞速游戏，周驰坐在旁边毫无参与感，开始后悔为什么要来玩这个，被衬托得智商很低不说，坐在中间还像个裁判，傻透了。

好在这两人是动真格地在比赛，许昀只耗时十五分钟就找到了大门钥匙，在余近南懊恼的呼声中推开了门。

"就差一点，我少了一个关键线索。"

余近南不服气地跟在他身后出去，看起来很想换个密室再来一把，这回周驰说什么也不肯做多余的那个人了。他们凑不齐一支队伍，余近南又不好意思到其他玩家的队里去，只好作罢。

"不玩了？"许昀向他确认。

"不玩了，"没法再和许昀一决胜负，余近南倒也没觉得太可惜，站在门口伸了个懒腰，主动说，"回去吧。"

06

"你家客房的枕头不舒服，"余近南揉着脖子说，"我感觉要睡落枕了，明天得去买个新的。"

"枕头没问题，估计是你睡觉不老实……过来我看看。"

许昀朝他招手，于是余近南猫一样从沙发上挪过去，让他给自己按摩。

许昀无端有了种在给猫咪捏脖子的错觉，按了几下，听见余近南舒服地哼哼，又忍不住使坏，用指节挠了挠他的颈窝。

“你干吗，”“猫”倒是没有跑掉，只是小声抗议道，“好痒。”

这段时间里他偶尔会在许昀家留宿，第二天蹭一顿午饭再走，某种程度上很像吃了就走的流浪猫，不过更难伺候些，至少流浪猫不会挑食，而他还要点菜，并且会强行给许昀打钱当作买菜资金。

许昀自然不会收他的钱，每次转账都在 24 小时后被自动退回，最后余近南生气了，抢了他的手机自己点接收，并且要求明天吃牛仔骨，许昀才哭笑不得地提醒他：“明天我要值班，没时间做饭。”

“哦，”余近南改口道，“那就后天吃吧，明天我打包吃的去医院找你。”

他这个暑假过得相当悠闲，中间消失了几天说是和姐姐出去旅游，回来时给许昀和周驰都带了礼物不说，连已经去了新家的米粒都有一件小衣服。许昀没问他家里是什么情况，他也不问许昀，两个人之间像有某种无言的默契，都只在彼此的舒适区里活动。

连周驰都说除工作以外他没见许昀对谁这么上心过，余近南理所当然地享受着这份优待，好像什么也没发现，又好像什么都知道。医院的护士都很喜欢他，喊他“许医生家的弟弟”，他也不反驳，就这么默认了这个称呼。

仿佛他们真的已经认识了很久，有时间沉淀下来的那么多默契似的。

到九月份开学的时候，余近南收拾行李搬回学校宿舍，许昀原本想着该把空出来的客房收拾一下，却有意无意地推迟了些日子，连自己也说不清原因。后来事实证明他的拖延是正确的，因为余近南没几天又带着同一个箱子回来敲他家的门，脸很臭，身上还有伤。

许昀任劳任怨地做了顿饭把他喂饱，又问他怎么回事，余近南才告诉他自己抓到上学期偷偷在宿舍楼下放粘鼠胶的人了。

“是我室友。”他说，“我向学校反映了，没什么效果，所以就跟他闹翻了。”

“打完直接申请退宿了？”许昀根据他的行李箱提出合理猜测。

余近南自知理亏地垂下眼：“……嗯。”

“年轻人，太冲动很容易吃亏。”许昀耐心地教育他，“为什么不等学校处理？你这样有理变没理，万一他反咬你一口呢，岂不是很亏。”

余近南不说话了，显然还是很不高兴。他盯着茶几底下铺的那块地毯，好像突然对上面一个不明显的线头产生了浓厚兴趣。

“行了，”许昀也不是真想训他什么，只是觉得这么任性不好，但转念一想，要是太听话就不是余近南了，“就是想让你下回谨慎点，不过和这种人住在同一屋檐下确实不爽，不住就不住了吧。”

他主动示弱，余近南也没再端着，大大方方地问他：“你家的空房间招租吗，我想住。”

许昀哭笑不得，正要开口，余近南又补充了新条件：“可以交伙食费蹭饭的那种。”

一点也不客气，实在很不把自己当外人。

“你不回家？我记得你是本地人。”许昀说。

余近南摇摇头：“不想让他们知道我退宿……而且我姐要出国工作了，她不在的时候我本来就很少回家住，不想回去。”

他和姐姐以外的家里人处得不太好，这点许昀是知道的，他也不想勉强余近南因为这件事搬回家里去住，那样对方肯定会很不高兴。

“你要住就住吧，房间我都还没收拾呢，还是你前几天住过的样子，原封不动。”他没花多少工夫就说服了自己，无奈地同意了余近南的入住申请。

余近南这下高兴了，径自拖着箱子进了房间。许昀在外边把餐桌收拾好，想了想，就当自己养猫了。当了这么多年宠物医生，理论经验丰富，实践一下也未尝不可。

谁让这只猫这么可爱呢。

END

T I A O Y A Y U D A

那天起 小白跟他寸步不离，一会儿要陪他做任务，一会儿要拜师。大神多了个**小尾巴。**

DA SHEN HOU

崖边遇到大神后

戏精心机游戏小白 × 人美心善游戏大佬

小白 — 大神

[文/阿离]

崖边遇到大神后

文 / 阿离

小短文写手。微博@患者阿离

大神在《大唐 OL》里人气颇高，因为不同于其他游戏大神，他不高冷，甚至有点温柔。

他喜欢去新手村附近的某个山崖发呆，经常会遇到不懂怎么完成任务的新手玩家。每当这时候，他就会随手指点一二。

这导致许多新玩家以为大神是个 NPC（游戏中的非玩家角色），直到后来搜索了他的名字，才发现他是个玩家。

今天也不例外。

一个仙气飘飘的女角色在山崖跳了一次又一次，每次都找不着位置，血条也越来越短了。

【附近消息】

大神："不能直接跳。"

小白："为什么？"

大神："这里名叫'殉情崖'，要找个同你一起跳的男号。"

小白："原来如此，谢谢。"

大神："没关系的。"

大神没有坐回原位，一直看着小白。

【附近消息】

小白："你是玩家？"

大神："是。"

小白："那你能陪我跳吗？"

小白："我没有朋友。"

小白："也没有恋人。"

小白："现实生活也没有。"

小白："没有人愿意和我一起玩游戏。"

小白："我找不到一起做任务的人。"

小白："你多大？"

话题转得太快，大神一时没转过弯来。

大神："二十出头。"

小白："我刚二十。"

小白："看在同龄人的份上，帮帮我吧。"

小白："哥。"

大神似乎被他缠得没办法，沉默着操控自己的角色搂住女角色的腰，二人一起跳了崖。

完成任务后，小白申请加了大神好友。

【好友消息】

小白："有了哥，好友位终于不再空荡荡了。"

大神："嗯……"

大神："不要叫我哥了，感觉我在占你便宜。"

大神："其实我十九岁。"

小白："那你叫我哥。"

小白："打错了，姐。"

大神："就差一岁，还是叫名字吧。"

宿舍要熄灯断电了，大神和刚认识的小白说了一声，就下线了。

五分钟后，小白也下线了。

小白关了电脑，打开表姐发来的游戏论坛帖——

《刚玩两天，这游戏里的 NPC 这么智能？我今天看到殉情崖那个 NPC 跟别人殉情了。》

帖子主楼是张游戏截图，正是小白和大神在一起的画面。

回复都在嘲笑楼主，说这是个有爱心的大神玩家，不是 NPC。

也有人问这个小白是谁，是不是大神的朋友。

表姐："这不是你？"

小白："是我。"

表姐："我是让你试玩我们公司的游戏，以学艺术的眼光评价女号的动作神情。你倒好，反馈没几条，跑去和大神一起跳崖玩，佩服，佩服。"

小白："他主动跟我说话，人怪好的。"

表姐："扑哧。"

表姐："这位大神帮过的玩家没有一百也有五十，这也算主动？"

小白："他跟别人一起跳过崖吗？"

表姐："……那倒没有。"

小白："那我是特别的。"

表姐："行了，对建模有什么建议？"

小白："倒还真有一个。"

小白："打'QAQ'和'QWQ'这些表情符号的时候，头上的花可不可以配合地枯萎一下。"

表姐："你是三岁小孩吗？！"

那天起，大神多了个小尾巴。

小白跟他寸步不离，一会儿要陪他做任务，一会儿要拜师。

【好友消息】

小白："两个也可以一起来。"

大神："一次只能做一件事。"

小白很失望。

小白："那你选哪个？"

大神："一定要选一个吗？"

小白："一定。"

大神："那去拜师吧。"

小白："……你怎么这么轻易就答应我了？"

小白："一点都不挣扎？"

大神有点蒙："不能答应吗？"

小白："别人问你，你也会一口答应吗？"

小白："我给你三天时间考虑。"

小白："认真考虑后再答应我。"

大神认真反思，是不是自己答应得太随便了："好。"

小白："走。"

大神："去哪里？"

小白："讲学堂拜师。"

大神："你不是让我考虑三天吗？"

小白："考虑可以慢慢考虑，但是得先在系统里把身份变更了。"

大神和小白结为师徒的公告发出，世界一片恭喜声。

【好友消息】

小白："师父，我有个秘密要告诉你。"

大神："什么？"

小白："你上 YY，来这个房间。"

大神："好。"

YY 语音房间内。

大神打开麦："喂？你在吗？"

小白清了清嗓子："在。"

大神："哦。所以你的秘密是什么？"

小白："……我是男人。"

大神："我知道啊。"

小白："你什么时候知道的？"

大神："很早就知道了。"

大神："你玩过《九霄 OL》，在那个游戏里也叫这个名字。我在那个游戏里和你组过队，开过语音。"

大神："那时我帮你，你也喜欢说'原来如此，谢谢。'"

大神："后来我有一段时间没上游戏，再回来游戏已经关服了。"

小白："你就不怕是重名？"

大神："不怕。"

大神："操作这么差，还叫这个名字的。"

大神："除了你，也没有别人了。"

小白："……哦"

END

C H O N G W U

那把火 烧了很久，火苗的每一次跳动

像是那人惦记人间的影子。

Y I S H E N G

棋逢对手

段容

楚江

直率乖张年轻拳王×

少言冷面过气拳击手

[文/三流富婆]

棋逢对手

文/三流富婆

本体是个生锈的码字机，只是近看太像人类罢了。
微博@三流富婆

01

段荣第一次见到楚江时就发生了冲突。

起因很简单：段荣他弟把楚江他妹留了三年的长辫子剪得跟被狗啃过一样，然后这个手欠的小男孩就被过于彪悍的小姑娘揍了。

由于两位成熟稳重的成年人一个护着弟弟一个护着妹妹，他们拌了几句嘴后，本来只是幼儿园小朋友间的矛盾很快便升级为一场互殴。

段荣是个正儿八经的职业拳击手，正处于鼎盛时期的身体素质能把同龄人甩出好几条街，自然没把楚江这个戴着眼镜、看起来文质彬彬的家伙放在眼里。

起初段荣的确优势明显，虽然两人都是身高腿长，但段荣的体格肉眼可见的比对方厚实，所以楚江扑过来的时候他抱着必胜的心态，一顿直拳摆拳往上招呼，然而没一会儿两个人就打得势均力敌了，后来就是楚江莫名其妙地开始占据上风，到最后变成段荣躺平挨揍。

这场闹剧最终在警察叔叔的介入下被强行终止，两位主人公被双双扭送派出所。

楚江简单安慰了一下哭得稀里哗啦的楚巧巧，然后毫无怨言地坐上警车，配合度极高。

段荣就完全不一样了，他理直气壮地跟警察展开一场关于“正当防卫”的辩论，总之死活不上车。

正当辩论进入白热化的时候，警车的窗户忽然降了下来，楚江那张几乎没怎么挂彩的脸出现了，他格外平静地对段荣说：“别嚷了，赶紧配合调查把事情解决了，不要浪费警官的时间。”

刚才下那么狠的手，这会儿又开始装大尾巴狼，真虚伪！

段荣被他气得脸都绿了，刚准备冲他开炮，对方却掏出手机点了几下然后字正腔圆地念：“段荣，男，二十二岁，职业拳击手，拳击公开赛轻重量级铜牌得主……”

楚江念到这便抬起头，冲段荣露出一个意味深长的笑：“公众人物啊，段先生。”

公众人物最怕什么？舆论！拳击手在外打架滋事，若是传出去恐怕能被不知情的群众骂个狗血淋头。

段荣也怕把事情闹大，只能狠狠地咒骂一声，然后不情不愿地被押上了警车。

02

段荣小时候性子烈，长大之后稍微收敛了些，但骨子里叛逆的家伙真的很难变老实。

由于是楚江先动的手，警察便认定他有过失。至于段荣，虽然他在这场纠纷中稍微占理，但前期有挑衅的嫌疑且后期干扰警方工作，情节略严重，所以需要上报其所在的公司。

段荣是出了名的在乎面子，而且好胜心强，在大庭广众之下被一个体格差他一大截的人揍得只能举着手臂勉强护脸就够憋屈了，现在还面临被公司处分的可能。

这简直就是要把他的面子碾成粉再来个天女散花啊！

段荣强烈抗议："凭什么啊！明明是他先动手的！"

"你嚷嚷什么？你没动手吗？互殴还有理了？"警察叔叔背着手训斥，"没叫记者来报道就已经是给你留面子了！"

警察叔叔又将段荣数落了一番，后者被斥责得哑口无言。

最后在警察的劝说下，两人勉强达成和解，楚江不必支付段荣的医药费，段荣也无须把这次纠纷上报公司。

填写个人信息的时候段荣偷瞄了一眼楚江"职业"那栏的内容，只见上面写着"会计师"三个字。

"会计！你认真的？"

楚江斜了他一眼："不行吗？打不过一个会计你心里不平衡？"

"才怪！"

段荣表面不屑一顾，实则被对方戳中了肺管子，心中早已翻江倒海，特别不是滋味。

区区一个会计就能把职业拳手按在地上摩擦？

电视剧都不敢这么演吧！

03

事后复盘那场架时，段荣绞尽脑汁都想不通，那个比自己矮半个头、清秀白嫩的小子是怎么把自己放倒的。他越想越觉得这个楚江肯定不简单，那利索的身手和连贯的招式绝对受过系统训练。

一连几天段荣都被这件事困扰着，训练时心不在焉，动辄就走神被陪练打伤。最后教练都看不下去叫了停，给他放了一天假让他休息好再回来。所以第二天晚上段荣就想趁着接弟弟的工夫找楚江问个清楚。

段荣隔着老远就瞧见了楚江，那人穿着得体，但仔细观察便能发现那白衬衫经过反复洗涤已经变得有些薄透。楚江正面露难色地跟园长攀谈，于是段荣放慢脚步，躲在一棵粗壮的大树后偷听。

“麻烦您再宽限几天，我后天一定把巧巧的学费补上。”

哦？这位高手经济拮据？

园长犯了难：“哎哟，楚巧巧她哥，不是我不近人情，您自己想想，这费用您都拖了几个月了？您还是赶紧想办法交了吧。”

说罢，园长借着跟其他家长沟通的由头就要离开，无奈之下楚江也顾不上面子了，三步并作两步拦住对方的去路，用近乎哀求的语气低声道：“欸，您先别走！其实是我这儿有点特殊情况需要付一大笔钱，所以这两年一直都省吃俭用地攒，现在也快要攒够了，等我那情况一解决一定立马补交学费，一两个月的工夫而已，算我求您了……”

“哎哟喂……你们兄妹俩也的确不容易……”

园长是个心地善良的大姐，耳根子软，也看不得别人受罪，只好答应再给他几天时间。

这时，楚巧巧刚好背着小书包跑出来，扑到楚江身上。

“哥哥！我好想你呀！”

顷刻间，温柔缱绻的笑容取代了楚江的愁容：“宝贝，快跟哥哥说说，今天发生什么好玩的事了？”

灿烂的晚霞染红天空，云卷云舒，美不胜收，温和的男人牵着欢快的小朋友融入美景，有种莫名的安逸。

段荣将这幅景象收进眼底，胸腔中泛起一阵复杂的情感，最终决定暂时不去找这人的麻烦了。

待那两人的身影从视线中消失后，段荣找到弟弟段迦鑫的班主任询问楚江的工作地点。

“楚巧巧的哥哥啊，他在南春路北的一个小会计师事务所工作，具体位置我也不太清楚。”

“哦……那楚巧巧她家的经济条件是不是不太好啊？”

班主任思索片刻，点了点头：“对，小孩的父母去世了，一直都是她哥哥在带，好像经济上的确有点困难，现在养小孩开销都特别大。”

“那您知道楚乔乔她哥哥在攒钱的事情吗？”

班主任摇摇头：“我也不太清楚，可能有债务吧。”

段荣谢过老师后便退到一旁用手机搜了一下南春路北的会计师事务所，最终还真找到一家位置极其不起眼的事务所。

行，会计是吧，孰真孰假，一探便知。

04

出现在段荣眼前的事务所硬件差到和新闻中搞不法勾当的黑作坊不相上下。

段荣跟里面的人反复确认了两三遍才踏进去，没费多少工夫就瞥见了楚江的办公室。

楚江蹙着眉，正端坐在桌前对着电脑敲敲打打，那张可以用俏丽来形容的脸和清冽的气质都与周围的环境格格不入。

“喂！楚江！”

楚江闻声转头，抬眼见是段荣后便立刻没了表情。

段荣人高马大，来势汹汹，朝楚江走过去时周围的人纷纷为他让路，生怕一个不注意惹恼了他。

楚江一点都不犯怵：“你来这儿做什么？想打架？还是又想进局子？”

段荣在他跟前站定，目光在楚江脸上停留了几秒，暗叹这家伙长得也太白净了。

“来找你办业务不行吗？”段荣双手插兜痞笑，眼中的挑衅意味拉满，“楚会计，送上门的生意都不要啊？”

这人来者不善，楚江防备地往后退了退，他面色沉静，凝视着段荣的眼睛，送了他一句四字真言：“离我远点。”

段荣顶了顶腮，眼神逐渐锋利，铆着一股狠劲儿死盯着楚江。

二人之间顿时刀光剑影，火药味十足，旁人也能明显感到气氛开始变得越来越紧张。

正当外人以为他们要打起来时，段荣忽然扯起嘴角笑了一下，随手拉过一张椅子跨坐上去。

“个人税，做不做？”

“不做。”

“做好了给你一万。”

楚江打字的手指滞了一下，紧接着面无表情地重新开始敲击键盘：“定金五千，少了不干。”

“都依你。”

“改天把收入和开销证明拿给我，现在你可以走了。”

段荣可没那么容易被打发，嬉皮笑脸地半趴在桌上歪头盯他：“别着急赶人啊楚会计，你拳打得这么厉害，真的只是个会计？”

楚江目不斜视，冷道：“再不走就报警了。”

就在此时，有人在门口叫了楚江一声，屋内两人同时回头看去，只见事务所的老板——一个面貌粗糙、大腹便便的中年男人正满脸堆笑地跟楚江打招呼。

“小楚啊，实在不好意思，我那个资金吧……最近周转不太顺，工资可能要延误几天……”

“我知道了，”楚江打断他，“您尽快吧。”

老板谄笑着表示不打扰他工作，然后离开了。

“哇，楚会计，像您这么牛气哄哄的人居然会被拖欠工资？”

楚江懒得跟他废话，直接掏出手机开始按 110。

“啧！行行行，我走。”

段荣立刻站起来往外走，刚迈出两步又觉得气不过，扭头咬牙切齿道：“楚江你给我等着！”

狠话换来的只是楚江的一句“慢走不送”，气得段荣差点吐血。

05

楚江做的税表堪称无懈可击，段荣还专门请在四大会计师事务所之一工作的朋友检查了一遍，朋友反馈了两个字：完美。

折腾半天还真是个会计啊！段荣彻底蔫了。

他满腹心事的模样很快便引起同事的注意。

“嘿，荣哥，心情不好？”

作为他们公司实力最强的拳手之一，段荣这样的人郁郁寡欢起来属实新奇。

段荣随便找了个理由敷衍过去，他才不可能承认自己是在为被人揍了一顿而感到烦闷。

“今晚要不要去放松一下？”同事别有深意地挑了挑眉，“带你去个好地方。”

段荣沉默了一下："不了，我洁身自好。"

"啧，想什么呢！"对方笑着撞了他一下，"是去顶秀区。"

顶秀区？段荣立刻就明白了，这是要去打野拳啊！

城市东边的顶秀区内有个场子，有些需要赚外快的职业选手也会选择那儿打野拳，这种事在圈子里已经是公开的秘密了。

"去看看吧，"同事说，"到时候让你见识一下'阎王'的风采。"

"阎王？"这是什么外号？

同事说："顶秀的不败神话，感觉他的水平貌似都能和你一决高下。"

前面那几个头衔段荣都左耳进右耳出，但最后一句话成功引起了他的兴趣。

莫名其妙的，他脑海中忽然浮现出楚江那张光洁白皙的脸庞。

段荣抬眸，定定地看向同事："好，今晚去。"

06

三教九流聚集之地人来人往，今天这个来了，明天那个走了，多一个少一个根本无人在意。

段荣跟随同事过来时没有引起任何人的注意，保安为他们打开一道隔音铁门，门后的拳场才是他们的目的地。

比赛已经拉开帷幕，台下气氛高涨，人挤人的场面相当壮观，隔着口罩都能闻到一股难闻的汗臭味。

段荣抬头望过去，只见八角笼的两端各站了一个人，隔着一层网格看不太清细节，只知道其中有一个穿了上衣。

"喂，哪个是'阎王'？"

"那个，"同事冲擂台扬了扬下巴，"戴面具、白到发光的那位。"

段荣仔细一看，这才发现刚才穿着上衣的那人已经将衣服脱掉，露出一身不夸张但线条清晰的肌肉，脸上还扣着一张青面獠牙的面具。

怪不得叫“阎王”呢。

两位选手差不多高，但阎王明显比他的对手要瘦弱一些。现场灯光调得特别亮，照得阎王雪白的皮肉仿佛在发光，和对手深褐色的皮肤形成鲜明对比。

跟楚江一个色号。这个念头一闪而过，未在段荣的脑海中过多停留。

野拳赛场没那么多规矩，准备好就直接上。

一声哨响，双方互相试探了几下就开始动手。

段荣站在后排观察，发现这个阎王果然不是盖的，几乎每次都能准确预判到对手的动作，然后见招拆招，同时攻击对方薄弱的位置，打得对手措手不及，节节败退。

动作顺畅得叫人移不开眼。

片刻后，墙上硕大的电子屏亮起“K.O.”的字样。

段荣在观战过程中被成功挑起兴趣，于是便在阎王将对手彻底击败、主持人呼喊“还有谁”的时候，越过层层人墙翻入八角笼。

方才还沸腾的观众顿时鸦雀无声，心想哪里冒出个不要命的愣头青，居然敢站出来挑战顶秀的擂主。

那个阎王看见段荣后并未表现出任何情绪，站在原地若有所思地望着他。

段荣也趁机细细打量对方，结果越看越觉得有点眼熟。

一截白皙的胳膊，身上干干净净的一块伤疤都没有，还有那对浅色的眼珠，冷冰冰的，毫无感情。太像楚江了。

这时，台下不知是谁先起的头，怂恿阎王迎战。

“打他！打他！”

人群再次喧闹起来，台下附和声一片，纷纷嚷着要求他们打一架。

往常有人上台挑战时阎王都会迎战，所以此刻观众们期待不已，以为能再次目睹阎王的风采。

然而下一刻阎王的反应却让众人大跌眼镜。

他盯着段荣看了半晌，忽然让助手把衣服递给自己，披好后径直走向后台，压根没理会台下粉丝的呼唤。

什么情况？难不成自己被人认出来了？又或者这家伙也是个怕暴露身份的职业选手？

台下的观众都蒙了，阎王这是㞞了？

没过一会儿，抗议声接踵而至，人们仿佛一群无理取闹的小孩，闹着要求主办方让阎王重回八角笼。

段荣可没心思听他们嚷嚷，他迅速跳下台，躲开上前阻拦的安保人员朝后台跑去。

“嘿！你站住！”

阎王视而不见，加快了脚步，他的助理折回来想要阻拦，却被段荣一把甩开。

他一个箭步来到阎王身后，后者侧身欲躲，不料被段荣抓住衣摆，外套被扯了下来。

映入段荣眼帘的是一片洁白如玉的后背。

“你干什么！”

阎王迅速后退，段荣眼疾手快，迅速攥住对方的手腕把人扯回来，只见面具后的眼眸仿佛冒着火花，警惕地注视着他。

他听出对方在故意压着嗓子说话，明显是不想被人识破身份的表现，便更加坚信着这个人认识自己了。

“为什么见到我就跑？咱们认识吗？”

段荣目不转睛地紧盯对方的眼睛，敏锐地捕捉到他浅褐色的瞳孔里闪过一抹慌张。

“嘿！小子！谁让你随便闯后台的！”

这时，助理带着几个保安姗姗来迟，几个大汉费了好一番工夫才把两人分开。

段荣力道极大，阎王腻白的手腕已经被捏出一道青紫。

段荣的目光如同钩子般挂在对方身上，而那人却心虚地移开视线，裹紧外套快步走开，任由助理和保安处理后面的事。

段荣被几个人架着往出口走，他死盯着阎王离开的背影，在那人快要走到拐角处时高声呼喊：“你等着！”

阎王身型一顿，握紧双手，最终连一个眼神都没给段荣留下就消失在拐角。

07

那天段荣的不请自来，加上事务所欠薪的事，令楚江一连几天都感到格外闹心。

这天他很罕见地搞砸了一份税务报表，所以现在不得不从头开始计算。

当他终于将工作做完，匆忙赶到幼儿园时，发现园内冷冷清清的，小朋友全都被家长接走了，只剩下一个值班老师和看门大爷。

他焦急万分的同时又自责不已，担心楚巧巧一个人会害怕，赶忙询问老师。对方说巧巧在后院，有个家长正陪着她。

楚江赶忙找到后院的游乐设施，一眼便看见妹妹和一个小男孩坐在秋千上，而段荣就站在他们身后推秋千。

“晚上好，楚……先生，”段荣长腿交叠，随意地撑在秋千栏杆上笑着调侃他，“您可真是个大忙人啊！”

从看到段荣的那一刻起，楚江的脑瓜子就“嗡嗡”直响，这人怎么跟一块甩不掉的狗皮膏药似的？

楚江再次选择直接无视：“巧巧，走了。”

小朋友乖巧地跑过来牵起哥哥的手，本想跟段荣挥挥手说个再见，谁知楚江拉起她转身就走。

段荣眉梢一动，喊道：“不是吧，连句谢谢都不舍得说啊？”

渐行渐远的人头也不回：“我又没求你帮忙。”

“嘿！你这人，”段荣第一时间拉着弟弟追了上去，“讲点道理好不好？我看你妹妹一个人在那儿怪可怜的就留下来陪了她一会儿，你居然把好心当成驴肝肺！这像话吗！还有，你家小孩的鞋底都要掉了，你一会儿准备让她光着脚回家吗？”

楚江猛地停下脚步，段荣没防备，下巴磕在对方的后脑勺，两人顿时都疼得龇牙咧嘴。

楚江低头一看，小姑娘的鞋俨然已经磨损严重。

上次给她买鞋是什么时候？楚江记不清了。

“你要是缺钱，我可以……”

楚江直接打断他：“段荣，与你无关。”

他抱起妹妹就要走，却突然被段荣牵制住。他的胳膊被拽住，袖子往上蹿，腕子上的指印赫然在目。

段荣浑身的血液都凝固了。

这是巧合吗？

两个人站得很近，段荣能闻到楚江身上一股清爽干净的气息。

暮霭沉沉，金色的夕阳映衬着楚江的脸，描绘出他线条清晰的侧脸轮廓，浸在阳光中的皮肤白得晃眼，浅色的瞳仁在强光中几乎变得透明。

另半张脸则被投出来的阴影掩盖。

楚江的脸部以中线为分水岭，半明半暗，有那么一秒段荣恍了神，跟前这人的脸同那晚狰狞的面具重合，竟毫无违和感。

段荣眨了眨眼，楚江的面孔重现，正表情复杂地望着他。

段荣抖着声音问：“你去没去过顶秀拳场？”

“没去过，”楚江抱起妹妹，神色凝重，“别再跟着我了，不然我真报警了。”

段荣不死心：“你认识‘阎王’吗？”

“听说过。”

段荣眼睛一亮，可楚江紧跟着一本正经地说：“我可以送你去见他。”

段荣：……

他早该料到这人的嘴说不出什么好话。

段荣盯着楚江渐行渐远的背影，刹那间心生一计。

既然你不想承认，那我就自己来验证！

08

大雨滂沱。

楚江抖了抖伞上的水珠，手指画过被雨水打湿的冰凉电子屏，输完密码按下扶手，进入地下拳场。

“哎哟！楚会计来啦！”

有人跟他打招呼，楚江头也不抬地简单应了一下，随手将雨伞连同雨衣和外套丢到一张破桌子上。

时间还早，场内没几个客人，死气沉沉的。

曾经楚江也不想靠这种方式赚取额外收入，奈何小会计所频繁欠薪，不来这工作就无法支撑生活开销。为地下赌场做账是机缘巧合。

某天楚江在事务所接待了个小老板，两个人聊得不错，对方见他账做得仔细，听他提起钱不够养家糊口，就告诉他顶秀区有个拳场需要一个会计，酬劳虽不算特别丰厚但起码比小事务所要强一些。

“在那工作的都戴着口罩和面具，也不用透露全名，所以不用担心暴露身份的问题。”

楚江几乎立刻就心动了。

“来来来，楚会计，今天来了个大客户！”

时间拉回当下，赌场经理的声音从小房间传来，楚江叹了口气。他不太喜欢同这位经理打交道，此人唯利是图，不是个好相处的人。

“快点啊！磨蹭什么呢？”

在经理的催促下，楚江只能顺着声音走过去，潮湿闷热的空气被几台大风扇吹散，他推开虚掩的门，先同那市侩的经理打了个招呼，随后看见办公桌前坐着个人高马大的家伙。那人背对着他，宽阔的肩膀将经理的半个身子都挡住了。

这人应该是新来的拳手，估计经理是想从他身上先抠出一笔签约费，这样万一他是个花拳绣腿的草包，输了也好回本。

“楚会计，这位先生姓段，你就……”

经理话音未落，那人转过身说：“叫我小段就行。”

口罩上方是一对清俊的眼眸，剑眉入鬓，目若朗星，英气勃勃的特别有气势，大概是楚江见过的拳手中最好看的了。

然而楚江却愣住了。

那双眼睛的主人并非什么路人甲乙丙丁，正是先前对自己锲而不舍的段荣。

难搞哦。

段荣也在对视的瞬间就认出了楚江，他小小惊讶了一下，随即便换上一副嬉皮笑脸的样子，故意拖长声音：“哦——楚会计啊！初次见面，请多指教。”

楚江很不情愿地握上那只伸过来的手，段荣故意用力，捏得他手背疼。

卑鄙。

段荣见楚江吃瘪，心里别提多爽了，继续揶揄道：“我看楚会计仪表不凡，应该是个多方面发展的优秀人才，您是不是还有别的业务啊？”

“有，”楚江不假思索道，“我还兼职当爸爸。”

段荣：……

好一个伶牙俐齿！段荣不怒反笑，饶有兴致地盯着楚江。

经理看出两个人可能认识，而且不对付，毕竟一向温和有礼的楚江居然也会损人了，不过他好奇心没那么重，所以也没深究二人之间的关系，而是插空转移话题。

“楚会计，这位段先生可是位大客户，要跟咱们的‘阎王’约战，麻烦您赶紧给段先生出个收据吧。”

“什么？”楚江表面淡定，实际上却差点从椅子上跳起来。

段荣口罩下的唇角微微上扬，笑意盈盈：“有问题吗？”

楚江咬着嘴唇，在对方饶有兴致的目光中勉强稳住心神：“没有，只不过阎王很挑，不一定会答应你，到时候退钱还要从我这儿走程序，麻烦。”

经理接话：“那可不一定，阎王需要钱，段先生这次这么大手笔他多半不会拒绝。”

楚江低头看着鞋面不出声。

“哦？原来他也缺钱啊……”段荣漫不经心地用了个“也”字，“那我再加两万好了。”

此话一出，屋内有人欢喜有人愁，经理乐开了花，心想这下又能多抽成了，楚江蹙起眉，段荣虽然不清楚他在想什么，但可以肯定的是楚江并不开心。

楚江深深地吐了口气，排出胸腔中的一股压力。

“活着不好吗？为什么非要见阎王呢？”

“我慕强，欣赏他，”段荣说，“他有资格当我的对手。”

经理不知道段荣的真实身份，心说这恐怕又是个不知天高地厚的毛头小子，真跟阎王对打估计过不了十招。

楚江心头一震，顿时明白他当真是不见“阎王”不罢休，自己再怎么说也无济于事，于是就没再费口舌，带段荣来到会计办公室，沉着脸开出收据。

“拿着，赶紧走。”

段荣完全没有要走的意思，长腿一迈跨坐在木头椅子上：“楚会计，你那么能打，没上擂台比试过？”

楚江不予理睬，明显是要撵人了。

段荣见他不理就使出撒手锏：“不说话？那个人税的尾款我可得考虑一下咯。”

楚江攥紧拳头：“我不想打，反对暴力运动，不行吗？”

谁知那人不依不饶，追问道：“上次见面时为什么说不认识阎王？”

“我可没这么说过，”楚江撒气般地用力按下回车键，“听力有问题就去医院。”

“行，不想承认也行，那你拳打得漂亮，又在这当会计，你该不会……”

他想问你该不会就是阎王吧，但话到嘴边又打住了，因为此时楚江忽然无比严肃地瞪着他，语气生硬地下逐客令：“赶紧走。”

段荣冷笑，目光灼灼地盯注视楚江片刻，随后猛地抓起收据转身作势要走。

楚江刚松了一口气，忽然又听见段荣浑厚的嗓音：“你说……明天‘阎王’会答应见我吗？”

这次轮到楚江发出一声嗤笑：“呵呵，你这人真有意思，我是会计，又不是他肚子里的蛔虫，他答不答应我怎么可能知道。”

段荣沉默不语，回过头深深地望了他一眼才离开。

直到听见大门开启又关闭的声响，楚江才卸下一股力，重重地靠在了椅子上。

外面的雨似乎已经停了，楚江在心中默默许愿，希望今晚不要再下雨了。

手机提示音在此时响了一下，他点开一看，立刻坐直了身子。

短信的内容让他激动又担忧。

“经过商讨，我司同意为您安排复出计划，但前提是您从现在开始不能私下参加任何比赛，不得与任何地下拳场有关联，如被我司发现有违规情况，合作将立刻终止。另外，请在这个周末前上交先前敲定的保证金 30 万元整。”

禁止和地下赌场有任何瓜葛，有点麻烦啊。

实际上男人的第六感也很准，段荣虽然平时嚣张跋扈，偶尔还有点憨憨的，但直觉向来没出过大偏差。

他猜得没错，楚江的确是个正儿八经的拳击手。

确切来说，是个准备复出的前职业拳手。

公司给他开出的重回赛场的条件是先交三十万保证金，他现在攒得差不多了，但还差一点，若是应下段荣的挑战就能迅速赚够，这样便能加速复出，从而赚更多的钱改善巧巧的生活条件。

可经纪公司偏偏在这个节骨眼上给他来了个不允许接私斗的规定。

楚江半眯起眼睛揉着太阳穴，都怪那个姓段的毛头小子，真是有钱没地方花，给的也太多了，搞得他现在进退两难。

此时，头顶的天窗外忽然闪过一道紫色的强光，楚江一惊，抬头看了看乌云翻滚的天空。

下一秒雷声滚滚，瓢泼大雨瞬间倾盆而下。

真是天不遂人愿，怕什么就来什么。他闭上眼睛，万分无奈地揉着眉心。

“轰隆！”又是一声惊雷，楚江蓦地睁开眼。

他想到了一个绝妙的脱身方法。

换个角度看问题，死局变生门。

09

今天的赌场格外热闹，有个年轻人出高价要求和阎王对战的消息一传十十传百，人们纷纷叫上朋友，抱着看笑话的心态前来观战，无人相信一个没名没姓的愣头青能撼动阎王的地位。

八角笼周围早就站满了人，手机和相机都已经架在台下，就等主角出场了。

助理感觉今天的阎王有点反常。

往常阎王会在更衣室里等主持人宣布选手上场，但今天他却早早站在了帘子后面，望着摩肩接踵的人群出神。

很快，主持人出现在台上，热情地同观众打招呼。台下的气氛顿时高涨，将欢呼声推向一个新高度。

“各位晚上好！欢迎来到今晚的拳王争霸赛，今天出场的选手是咱们顶秀区最勇敢的新人！让我们掌声欢迎他！”

段荣在稀疏的掌声中登台，他戴着包裹全脸的面具，赤着上身露出精壮饱满的肌肉。

零星的打气加油声略显凄凉，但段荣并不在意这些，站到主持人身边后就一直朝后台张望，就连赛前采访也只是不耐烦地敷衍过去。

主持人见他对采访和自我介绍都兴致缺缺，干脆跳过这几步，直接喊出阎王的名字请他上场。

这次观众的态度一百八十度大转弯，从主持人念出“阎王”二字时观众们便开始躁动不安，在看见阎王出现在台上的那一刻更是疯了似的开始振臂高呼。两人的人气高下立判。

阎王并未被欢呼声扰乱心神，像往常一样脱掉外套，站到起始位置。

段荣走了过来，只露出两只明亮犀利的眼睛：“怎么样？我说过让你等着的吧。”

对方冷声道：“打比赛一般没那么多废话。”

话音刚落，拳头就从段荣眼前呼啸而至。

好家伙，野拳果然不讲武德。

段荣瞬间精神大振，打起十二分精神努力防守，躲过新一轮攻击。

阎王同上次一样拳风凌厉，动作行云流水，拳拳到肉，干净利落到段荣都想在台上直接喝彩。两个高手在台上过招，段荣出击坚决果断，楚江轻描淡写地防御，台下的观众看得也爽得不得了，呐喊和口哨声都快把棚顶震塌了。

拳击是一项相当耗费体力的运动，经过两个回合还分不出胜负的二人此刻都有点喘，豆大的汗珠顺着鬓角往下淌，体温逐渐升高，蒸得皮肤都泛起粉红，阎王因为肤色白，所以看起来就更加明显。

段荣双手护住胸口，眼中闪着兴奋的光："不错，果然厉害啊。"

回应他的是阎王坚实的右勾拳。

段荣来不及挡，这一拳刚好落在他左脸颊上，他头一偏，面颊火辣辣地发疼，嘴里顿时尝到一股血腥味。

这才对嘛，早就该动真格的了。

铁锈味瞬间激起段荣的胜负欲，他眼中精光大射，攻势也越发猛烈，观众席里已经有人坐不住开始为他加油了。

段荣是这几年来第一个能把阎王拖到第三回合的人。

正当整个场子中人声鼎沸，加油声此起彼伏时，阎王忽然靠了过来，用只有他们两个人能听见的声音问："想赢吗？"

这是从上场到现在阎王主动对他说的第一句话。

段荣不假思索："废话。"

他还没来得及细想，就猛然发现阎王竟露出了破绽。

电光火石间，段荣毫不犹疑地挥出拳头，击中对方胸口。

阎王踉跄两步，仿佛后知后觉地架起手臂挡住胸口，可这样一来便暴露了头部。段荣抓住机会上前就是一记刺拳，打得阎王连连后退，紧接着就是左右勾拳，百发百中，每一次都精准击中得分处。

计分器上的数字疯狂跳动，段荣那栏正在稳步增长。

阎王貌似被打蒙了，几乎所有的防御动作都慢上半拍，最后一个勾拳袭来时他干脆把双臂垂在身体两侧，直接放弃防守，被一击倒地。

巅峰强者陨落的那一刻全场寂静，就连主持人都愣在原地。

那人仰卧于擂台中央，胸膛上下起伏，冷白的皮肤上面青青紫紫的拳印格外扎眼。

突然，段荣在众目睽睽之下走过去制住正欲起身的阎王。

躺在地上的人不明白他要做什么，奋力挣扎却被攥住双腕，死死按在头顶。

“你干什么？！”

段荣用实际行动作做出回答。

他捏起面具的一角，缓缓往上抬。

一向冷静的阎王终于在此时慌了神，他努力支起胳膊挡住脸，低声哀求，声音中染上惧意：“别……别摘……段荣算我求你了！”

“哦？你知道我的名字啊。”

段荣哪里肯听，边恶劣地笑着边将面具推到他头顶。

“果然是你。”

楚江的头发已经被汗水打湿，他的脸上挂着汗珠，通红一片。

段荣居高临下地望着他，心头被战胜强者的快感占据，终于看见这个一贯冷静的男人方寸大乱的模样了。

他腾出一只手，半挑衅半羞辱地拍了拍楚江的脸。

“行啊楚江，你也有今天，嗯？”

楚江抖着嘴唇，声音带了哭腔：“段……段荣，求你了，帮我戴回去……”

段荣微微放松禁锢对方的力道，讶异地发现对方竟在拼命遮挡面部，段荣用力扒开他的手臂后呈现的是一张惊慌失措的面孔，他双眸泛起朦胧的水雾，一副要哭不哭的神态。

楚江惶然的表情给段荣的内心带来一阵强烈震撼，他没想到楚江的反应会如此激烈，于是手忙脚乱地为他重新盖上面具，然后松开束缚。

面具掩过楚江唇部的那一刹那，段荣捕捉到那人嘴角一抹微不可察的笑，细微到他以为是自己看花眼了。

楚江立即起身，在一片哗然中仓促奔向后台。

段荣撞开前来控场的主持人，紧跟着楚江跑了过去。

两个人一前一后，你追我赶，像是在进行一场势均力敌的追逐战。

“喂！等一下！”段荣喊道，“你再不站住我可就喊你名字了！”

那人猛然顿住。

楚江知道段荣是急了什么事都能做出来的那种人，他不想暴露身份所以才应声而滞。

“你这算什么反应？”

楚江眼眸泛红：“比赛结束了，你赢了，我以后不会再以阎王的身份出现了。”

“为什么啊？输一场比赛就再也不打拳了？至于吗？”

“与你无关，”楚江说，“别跟着我。”

段荣被他拒人于千里之外的态度惹毛了，不用你管，与你无关，来来回回总是同样的态度，谁能受得了？

他大手一挥，怒道：“真矫情！输不起一开始就别来啊！你爱去哪儿去哪儿！我还不待见了呢！”

他撂下这话后，一狠心，转身大步流星地走了，直到重新回到前台都没再回头看楚江一眼。

此刻的楚江则如释重负，长舒了一口气，但看着段荣离开的方向又似乎有种怅然若失的感觉。

无所谓了，他的目的达到了，借着输掉比赛彻底脱离这个地方。

一切都结束了。

从今往后，顶秀再无阎王。

10

半个月来，段荣不停地回忆这场对决。他越想越觉得有哪里不太对劲。

第一次在幼儿园门口干架的时候他大概摸出这人的路数绝不属于激进那一挂的，在没有百分百的把握时不可能暴露软肋。

而在顶秀的那场比赛中，楚江的破绽未免露得太明显了，这不是他的风格啊。

还有那句摸不着头脑的“想赢吗”，以及盖面具时那一抹古怪的浅笑。

要么他那天状态不佳，要么他就是故意的。段荣比较相信第二种可能性。

“嘿！不训练在这儿发什么呆呢？眼睛都直了！”

教练一巴掌拍在段荣的脑门上，打得段荣骤然清醒，他开口叫住准备去收拾其他人的教练。

“欸，哥！问你个事儿，”他把教练拉到身边，神神秘秘地问，“你认识楚江吗？”

教练思索片刻后道：“楚江？我听说过他。”

段荣立刻来了精神：“真的？！他是职业拳手吗？”

教练点点头：“大概七八年前那阵挺风光的一个选手，后来不知怎么开始连输几场比赛，然后就慢慢隐退了，现在大概已经不干这行了吧……话说你怎么突然问起这个人了？”

段荣自然不可能跟教练透露太多，随便找了个理由搪塞过去就重新戴上拳套去训练了。

不一会儿，拳馆中响起沉闷的击打声，段荣挑了个无人角落，发泄似的出拳。

他不明白自己为什么会因为楚江而变得如此焦躁。

沉甸甸的沙包被打得前后晃个不停。

近几年，他在赛场上所向披靡，几乎百战百胜，起初他还颇为享受成为焦点和获得胜利时的喜悦，可随着时间的推移，那种赢得比赛后的雀跃感逐渐进入平台期，连带着业务水平也无法有所突破。

停滞不前是焦虑的源头。

他需要一个能激励自己进步的动力，而楚江的出现恰好让他第一次意识到人外有人山外有山，所以才会不由自主地对这个强者产生一种奇妙的感觉。

有危机感的同时却情不自禁地想靠近这个人，想多了解他一点。

段荣猛地扶住摆动的沙袋。

刹那之间，他意识到自己为什么会不由自主地被楚江牵动心神，明白这段时间频频令心脏战栗的是什么感觉了。

那种感觉叫棋逢对手。

11

幼儿园在一个角度可观的大斜坡上，一条小道顺着斜坡而上直通幼儿园大门。

虽然这条路是个捷径，但身体素质差的人很难一口气跑上去，所以大部分家长几乎都会选择绕道而行，很少有像楚江这种风雨无阻都非要走这条路的人。

今天楚江再次被留在事务所加了一个多小时的班，手头工作一结束，他便迅速冲出公司奔向幼儿园。

所幸两个地方距离不远，以楚江的身体素质和耐力不一会儿就跑到了。

就像以往的每次迟到一样，幼儿园里静悄悄的，只剩零星几个值班老师在清理教室。

他来到楚巧巧的班级门口唤了几声都无人应答，于是直接走了进去。

窗户半敞着，纱帘被微风吹动，在空中小幅度飞舞，夕阳的余晖洒进房间，刚好照在角落中的一个身影上。

楚江定睛一看，发现那人竟是半个月没见的段荣。

他坐在榻榻米上，背靠着墙，双眸轻阖，周围堆积着一些玩具，一双大长腿几乎无处安放，整个人只能别扭地蜷缩着。段荣一手揽着一个小朋友，三个人挤在一起睡得正香。

楚巧巧枕在段荣的手臂上睡得最香，还时不时咂巴一下嘴，不知做了什么美梦。

目光落在小孩的脚上，楚江愣住了，他看见楚巧巧的脚上有双崭新的鞋。

这幅场景烙在楚江的脑海中，他心间一暖，没舍得叫醒几人，安静地退出去找到班主任，问她段荣是不是经常如此。

“是啊，您不知道吗？”班主任说，“这段时间您加班来得晚，他就经常和段迦鑫一起留下来陪巧巧，我还以为是您托他照顾巧巧的呢。”

“他陪巧巧？真的吗？”

“嗯，其实以前他也经常会陪小朋友等家长，把我们的工作都做了哈哈哈……”

这个信息令楚江颇感诧异。

他一直认为上次在后院遇见段荣陪巧巧荡秋千只是个巧合，因为在他的印象中段荣和温柔二字根本沾不上边，谁知这人居然是个表面叛逆不羁内心柔软细腻的人。

楚江谢过老师后又返回教室，这次段荣醒了，光线铺满他的大半张脸，他半眯着眼看向门口，见来者是楚江便露出浅笑："哟，您老人家终于来了，我等得花儿都谢了。"

"谁让你等了？"

"我得找你要个说法，"段荣将身子挪进阴影下，可算能睁开眼睛说话了，"那天比赛为什么放水？"

楚江装傻充愣："放水？"

"你当我傻吗？前面打得好好的，第三轮忽然就把那么大一漏洞摆我面前故意让我钻，你又不是初学者，不可能犯那种低级错误。"

楚江哼笑着摊牌："呵呵，如果你不傻，当时怎么没看出来呢？"

段荣翻了个白眼，这家伙果然骗了自己。

"我就知道，"段荣不悦地望着他，"你这次迎战肯定另有目的，后来摘面具那一出也是故意的吧！"

楚江稍加思索，坦然道："我没料到你会来摘我的面具，我要是不流点眼泪，你绝对不会心软放过我，所以没错，我是稍微有点演的成分。"

"不止有点吧……"

楚江耸耸肩，不想再多说了："把巧巧叫醒，我要带她回家。"

"急什么，你还没告诉我你为什么故意输掉比赛呢！"

"凭什么要告诉你？"楚江双手插兜，气势凌人地问，"你是我的谁吗？"

"我已经知道你曾经是正规拳手了。"段荣说道。

楚江微怔，眉头轻蹙，花了几秒才消化这个事实。

段荣咄咄逼人："你为什么要提前退役？拳协里怎么没有关于你的新闻？"

他搂住楚巧巧："不说小孩就扣我这儿了。"

楚江无语，这是什么小学生行为？

上次在这里打架已经引起多方的注意，他不能再惹麻烦了。

楚江推了一下鼻梁上的无框眼镜，稍微权衡当下的形势后说：“输掉那天的比赛，是因为我需要摆脱地下拳手的身份，彻底脱离那个地方，所以正好借着输掉比赛名正言顺地全身而退。”

“哦，”段荣恍然大悟，“你利用我？！”

“对啊。”

“我把你当对手，你拿我当跳板？”

“Bingo，看来你没傻到无药可救。”

他承认得是那么平静坦荡，泰然自若到段荣那一腔火气都无处发泄，张着嘴半天说不出话。

“可……可是有什么事是需要你抛下‘阎王’那个身份去做的呢？地下拳场又没人知道你是谁。”

“这就用不着你操心了，”楚江往前走了几步，“把巧巧还给我。”

这时，楚巧巧的眼皮颤动了几下，随即连打了好几个哈欠才彻底清醒，看见哥哥就张开双臂扑过去抱住他。

“哥哥！哥哥！段荣哥哥说一会儿要带我和迦鑫去看小黄人电影！你来吗？”

楚江一愣，立即用眼神询问段荣是不是有这回事。

段荣笑吟吟地同他对视，轻声细语地跟小朋友说：“你哥哥刚才已经答应了。”

“我什么时候……”

楚江话说到一半卡在嗓子里，其实他大可以拒绝，但一看楚巧巧正仰着脑袋一脸期待地望着自己，心一软便答应了。

小姑娘兴奋地直蹦跶，楚江却是喜忧参半，眼睁睁看着亢奋的楚巧巧把段迦鑫推醒，拉着人家蹦蹦跳跳地往门外跑，脑袋上那一头还没长齐的发丝一晃一晃的，显得可爱又灵动。

段荣来到他身侧："走吧。"

楚江没动："巧巧的鞋是你买的吗？"

段荣嘿嘿一笑，露出一排亮白的牙："除了我还有谁？"

楚江垂下脑袋，发丝贴着鬓角，低声呢喃："嗯，没别人了。"

然后他重新抬起头，眼眸深处多了一抹很淡的情绪，望向段荣的目光也稍微柔软了一些。

"谢了。"

12

去电影院的路上，段荣变着花样想从楚江嘴里套出他淡出江湖和退出地下拳场的原因，可惜楚江的嘴巴很严，任凭他怎么追问都没道出一星半点。

段荣见实在问不出东西就开始生闷气，买了最大桶的爆米花往嘴里塞，楚江叫他，他也不应答。

怎么比小孩还幼稚呢？

仔细想来段荣其实也不算讨厌，只是对某些事过于执着，实在令人头疼。

看着段荣气鼓鼓的样子，楚江觉得有点好笑，那么大只的人抱着个印着小黄人的爆米花桶，一粒一粒地往嘴里送，腮帮子鼓得跟只仓鼠似的。好像有点可爱，就一点点。

小黄人这种电影果然不适合楚江。电影开场没几分钟，楚江的眼皮就开始打架，大脑昏昏沉沉，没一会儿便睡了过去。

他最近的确太累了，一松懈下来积攒许久的疲惫便蜂拥而至，恍惚间身上多了件衣服，然后支撑脑袋的手臂被人挪动，上半身往另一个方向倒去，直到枕上一个软硬正合适的东西。

楚江没在意那么多，只感觉挺舒服，随后逐渐进入梦乡。

段荣确认躺在自己肩膀上的人睡熟了后才松了口气，小声让楚巧巧坐到自己身上来。

两个小孩全神贯注地跟随剧情，但段荣的心思完全不在电影上，他迫切地想要挖掘出更多关于楚江的事。

他感觉自己对这个人好奇到快要魔怔的程度。

“叮——”

楚江的口袋中传出一阵提示音。

段荣原本不打算翻别人的东西，但那声音紧接二连三地响了好几次，引得周围观众纷纷投来异样的目光。

在铃声响起第五次时，段荣决定做出行动。他迅速翻遍楚江身上的所有口袋，在裤兜里找到手机，调好静音刚想放回去，却被屏幕上短信的内容吸引了。

发短信的号码来自一家段荣听过名字的小型拳击经纪公司，他心中微动，点开对话框。

“您好，我们已收到您的保证金三十万元整，现已将收据发至您的邮箱，请及时查收。”

“另外，您复出的新闻已经有媒体开始报道了，麻烦您明天有空来公司熟悉一下环境然后再一起商量您重返赛场的宣传计划……”

楚江要复出？这不就意味着假以时日他们将会站在同一个赛场上吗？

想到这他既紧张又兴奋，一阵战栗穿心而过，段荣猛然侧目看向靠在他肩上的人，简直想立刻将楚江推醒问个明白，但看见对方疲惫的睡颜又下不去手。

算了，忍住，段荣暗暗对自己说，等人醒了他一定要打破砂锅问到底。

13

楚江上辈子可能是个卡点狂魔，电影的最后一帧播完，片尾曲第一个音符刚响，他便悠悠转醒。刚回神的楚江还有点茫然，花了好几秒才意识到自己靠在了段荣的肩膀上，楚巧巧也不知什么时候跑到对方腿上了。

他顿时尴尬得脚趾抓地，想道歉又说不出口，只能手足无措地干坐着。

段荣一直低着头在手机上敲敲打打，片刻后板着脸将手机举到楚江眼前。

“这是怎么回事？”

“什……”

楚江瞥见屏幕上的新闻标题，哑然无语，继而垂下眼帘。

“他是昔日最耀眼的少年拳击手，如今重整旗鼓回归赛场，当年那场事故重新浮出水面……”段荣念出那段微信小文章即视感的标题，“你当年犯了什么错？”

楚江闭上眼，指甲挠着手心，半晌抬眸，疾言厉色道：“你不会自己看？”

“我更想听你跟我说。”

“你是好奇宝宝吗？刨根问底真的很讨厌。”

段荣急了：“我好奇是因为我把你当成值得尊敬的对手！我刨根问底是因为……”

话说了一半戛然而止，段荣神经兮兮地抠着掌心，半晌后认命般地抛出后半句：“是因为我把你当成朋友。”

楚江沉默了，段荣的一句话令一些尘封多年的久远记忆交错闪现，潮水一样淹得他喘不过气。

过了一会儿，楚江心一横，绷着脸说：“但我不想做你的朋友。”

空气骤然凝固，段荣一双漆黑的眼眸定定地凝视着他的脸。

片刻后，他安静地将楚巧巧递给楚江，抱起段迦鑫转身离开，再也没看他一眼。

“哥哥，段荣哥哥怎么走了？”

楚江拉过楚巧巧抱在怀里，出神地望着段荣的身影逐渐远去。

“他生我气了。”

14

年轻时的楚江比现在的段荣还要嚣张。

他十四岁时初展拳击天赋，无奈脾性顽劣，经常给父母添堵。

不过好在他天资聪颖，打打闹闹着进了市重点高中，十六岁时意外被一个拳击教练相中，将他培养成才，慢慢帮他走上正轨。

当时楚江和教练的儿子一起训练，两个男孩年龄相仿，兴趣相同，很快就成了彼此最熟悉的对手、亲密无间的好友。

十八岁那年，楚江在某 985 大学的会计专业和职业拳击手之中选择了后者，成功签约一家拳击经纪公司，他拜别恩师和挚友，从此开始背井离乡的生活。

签约后他参加过不少比赛，其中含金量最高的就是拳击公开赛。当年他作为全场年龄最小的参赛选手，力压众多老将，顺利摘得那届的铜牌，还被封为天才少年拳手。

和现在的段荣一样，当时的他所向披靡，几乎没有对手，久而久之也体会到无敌的寂寞，越发提不起兴致。

直到在一场公开赛中对上了昔日一起训练的兄弟。

对方胆大心细，一招一式都是冲着他的弱点去的，楚江兴奋不已，浑身的血液都沸腾了，他爱死这种势均力敌、不相上下的比赛了。

他越打越激动，心潮起伏，整个人都亢奋到极点，手上的力道也开始不受控制。

等他再次回神时，发现自己最好的朋友、最敬佩的对手，正捂着胸口席地而坐，满面痛苦。

楚江不小心把他的肋骨打伤了，虽然救治及时，但他从此无法再踏入赛场，最后郁郁而终。

出殡那天楚江在冰冷的大理石地板上跪了很久，谁劝都没用，直到工业火炉中的烈焰腾空，他才僵直着身子站了起来，将二人的拳套一同丢入火炉焚烧殆尽。

那把火烧了很久，火苗的每一次跳动像是那人惦念人间的影子。

15

和段荣不欢而散后的第二天，楚江将会计师事务所的工作由全职改为兼职，空出大部分时间练拳调整状态。

这段时间段荣一直没有出现，楚江还是从网上的新闻得知他去国外打比赛了，算算时间这两天应该也快回来了。

他盯着新闻页面上段荣赢下比赛却毫无喜色、凝视镜头的照片沉思。如此最好，没有联系也毫无羁绊。

楚江抹了一把挂在额前的汗珠，将拳击手套和手机放在一旁，顺手拿了一支铅笔和一个记事本，然后坐在了训练馆大门前的台阶上埋头写起了字。

“我最近遇见了一个有点难缠的小孩，他叫段荣。年轻气盛，胜负欲特别强，行事也不怎么稳重，想一出是一出，执着得要命。说实话，有点我当年的影子。”

笔尖顿住，良久后才重新动了起来。

“哦对了，我准备复出了，主要是为了我妹，你都不知道现在养孩子得花多少银子……所以就算要埋怨我也稍微忍一下吧。”

之后他洋洋洒洒写了大半页，末尾又加上一句“真希望你能看见这一切”。

停笔后他将纸张对折，掏出打火机点燃，然后静静地看着火苗跳跃，纸张边缘迅速焦化，碎屑一点点随风飘走，火舌快要烧到手指的时候他才将纸张的剩余部分缓缓地放到地面。

楚江在台阶上坐了很久，直到天空开始飘雨才起身进屋继续锻炼。

也许是由于天生敏锐，他刚戴好拳套打了两分钟就明显感觉身后有一道强烈的视线，他回过头看去，冷不丁瞧见门口有个身材颀长的人影，身边还放着一个巨大的行李箱。

段荣没什么表情，迈开长腿走过来。

他在国外那场比赛大概没少吃苦，眉骨嘴角还有鼻梁上还挂着一层淤血，左眼眶甚至都没完全消肿。

“段……”

段荣直接打断他：“我刚坐了二十个小时的飞机来见你，所以先听我说。”

他眸光沉沉，紧盯着楚江：“我来找你没别的意思，只是想告诉你虽然我不知道你以前经历过什么，但如果你有顾虑和心事完全可以跟我谈，我很欣赏你，也愿意做你的倾听者……”

“段荣，我不想……”

段荣根本不容他插话：“在国外比赛这段时间我满脑子只有你，那些人都弱爆了，只有你，只有你是跟我势均力敌的对手。我比任何人都希望能堂堂正正地打败你……”他顿了一下，目光灼灼，“我就是放不下你。”

段荣一动不动地凝视着眼前人。

“我不知道你以前经历过什么，但如果你有顾虑和心事，其实可以跟我谈……”他顿了一下，有点不好意思地挠了挠鬓角，眼底闪过一抹微弱的光，继续道，“我真的很在乎你这个对手和朋友。”

楚江闷声不响，垂眉低目，下意识地咬住下唇。

“所以，讲给我听，好吗？”

一瞬间，“好”字差点脱口而出，但楚江却硬生生地忍住了。

不可以，不拥有就不会失去，不失去才不会难过。

楚江攥紧拳头，安静了很久，最终沉默着摇了摇头。

看见他的反应后，段荣眼中的光亮暗了下去，他深深地望了楚江一眼，随即转身离开。

楚江站在暗处目送他渐行渐远，直到段荣的身影消失，回身准备继续练拳却突然愣住。

段荣带来的那个黑色行李箱还立在门口。

他走过去想把箱子先搬进屋，下一秒便看见夹在拉杆把手下的一个信封，上面“楚江”两个字写得格外好看。

信的内容很简单：“给巧巧的。”

打开行李箱的那一刻楚江顿觉难以置信。小女孩的衣服鞋子和玩具占了满满一箱，一眼望去全是崭新的名牌货。

还未等他彻底消化这一切，微信突然响了，是幼儿园园长的消息，告诉他学费已经到账了，甚至连明年的都交齐了。

“钱……谁付的？”

“段迦鑫的家长，哦，就是跟您不打不相识的那个小伙子。不是您让他帮付的吗？”

外头起风了，吹得楚江有些晃神。

他扶住墙壁慢慢站起身来，茫然间瞥见小半截烧焦的纸从门口飘了进来。

大部分内容已经被烧毁，只剩下一行还能勉强辨认的模糊字迹。

“我最近遇见了一个有点难缠的小孩，他叫段荣。”

16

“我的故事，你还想听吗？”

收到这条信息时，段荣训练赛刚打了一半就直接从擂台钻出来了，留下一脸蒙的陪练新人和气得直跳脚的教练，头也不回地冲了出去。

楚江选的烧烤摊离段荣的公司不远，段荣赶到的时候楚江已经点了一桌子的肉，见他到了就示意他坐下。

晚风习习，满天星斗迅速就位，夜空下的烧烤摊热闹非凡。

楚江端起酒杯一饮而尽，垂眸淡淡地开口：“我遇见过一个人，一个值得我拼尽全力的人。”

待黄昏的残红彻底渗透天空，夜幕降临前的最后一道金光把楚江的影子拖得很长。

“他是我最好的朋友，是知己，也是我最想交锋的对手。我当时太兴奋了，只想着要全力以赴赢过他，就用了十成的力，结果就出事了。由于是正规比赛，而且我遵循既定规则，其实不管出什么事都不用负法律责任，是我自己过不去心里那道坎，在那之后战绩一路下滑，几乎百战百败。”

楚江低下头，神情说不清是哀伤还是别的什么。

“他去世之后我明白自己失去了一个最珍贵的对手和朋友，我知道我再也找不回以前的状态了，所以我把那些年赚的奖金都留给了教练，并请求拳协删掉所有关于我的新闻，从此销声匿迹。

“重归素人的头几年我一直不敢碰和拳击有关的东西，连当年中国拳王夺得金腰带的新闻都不敢多看。后来父母去世，我也慢慢开始释然了，为了赚钱养巧巧就找了个小事务所工作，我没有执照，所以那老板拖欠工资我也不好说什么。再后来有人介绍我去拳场兼职，我发现那边也可以打拳，而且不用露脸，所以干脆给自己弄了个‘阎王’的身份上擂台，多一份收入来源的同时慢慢重新找回状态，开始为复出做准备。

“现在愿意签我的那家小公司认为我败率太高会波及公司，所以才让我交保证金。他们为了防止负面新闻还警告我绝对不能参加私斗，这就是为什么我急着想从那个赌场脱身的原因，毕竟万一被人发现了，我的努力就都付之东流了。”

说到这里，楚江咬掉一块肉：“讲完了，这些话憋了这么久，说出来也挺舒服。”

段荣并未立即接话，沉默着吃了两根串儿才开口：“那你在怕什么？”

楚江叹了口气：“我知道棋逢对手的感觉，当遇到一个能让你全力以赴，甚至拼了命都要奋起追赶的人，谁来了都拦不住你。”

没错，就是血脉偾张的上瘾，段荣点头赞同。

楚江擦了擦嘴角，认真地望进段荣眼底：“段荣，我能从你身上看到曾经的自己，生机勃勃，意气风发，你有实力，很优秀，我很欣赏你……”

段荣的眼睛闪过一丝欣喜，可楚江话锋一转：“但我们终有一日会在正式赛场上成为对手，你肯定明白拳击是一项危险系数偏高的运动，我不想看悲剧重演，所以才一直想和你保持距离。”

清风掀起发丝，楚江嘴唇微动：“你很好，我也很感谢你默默为巧巧做的那些事，但我不想再失去任何重要的人了。”

他一动不动地望着段荣，试图弄清后者是否听明白了。

段荣哑然失笑，低头久久未语，直到楚江手中的啤酒快见底了才突然问道：“如果你那位朋友还活着，他会希望看到你变成现在这个样子吗？”

楚江被问愣了，过了好半天才说：“我现在的状态很好。”

“很好？”段荣笑出了声，“活在自我谴责里，臆想旧事，害怕重蹈覆辙，被困在过去不敢向前看，所以畏惧与人交心，你管这种状态叫好？”

酒桌上顿时安静了。此番终于轮到楚江哑口无言了。

他豁然清醒，段荣说得没错，他的生活虽然在逐渐走上正轨，但他并没有完全放过自己。

如果好友还活着，看到现在的自己，他会开心吗？

楚江几乎立刻就想到了答案。

不是每个人都能体验到酒逢知己、棋逢对手的感受，那场比赛他打得酣畅淋漓，对方何尝不是一样的呢？

一辆吆喝着西瓜甩卖的小车正经过烧烤摊，楚江忽然想起很久以前那个闷热的夏日傍晚，他刚训练完，带着一身汗和教练坐在门边啃沙瓤瓜，当时教练劝自己痛改前非时说了句什么来着？

“人不能总是沉溺在过去的阴影里，你得找准机会，彻底走到阳光下。”

那时楚江觉得教练像个喋喋不休的老和尚，没想到多年以后他还能穿越时空来度化自己。

“楚江，你是唯一能让我认真起来的人，我抓着你不放，为的就是和你并肩同行……”他听见了段荣的声音，“给彼此一个机会，说不定这次会是个皆大欢喜的好结局呢。”

彼时的教练没能拉着他重回光下，那此时的段荣会是那个能带他走出阴霾的人吗？

“相信我，我值得。”

抬头映入眼帘的是对方热切真诚的目光，坦荡且执着，那一秒仿佛穿越了时空，回到年少时的那天，神采奕奕的少年从拳馆里跑出来搭上他的肩，大大咧咧地拍他的背。

“相信我，一切都会好起来的。”

要不，就信他一次吧。

楚江沉默片刻后重新开了两瓶酒，将其中一瓶递给段荣：“行，勉强相信你。”

“什么叫勉强啊？”

“快点，”楚江示意他拿酒，“不愿意就算了。”

段荣赶忙接过瓶子过去碰了一下。

一口酒下肚，暖心烧胃。

楚江感觉自己好像有很多话想要诉说，但最终却只说了一句：“如果能早点遇到你多好。”

段荣撑着下巴，好看的眉眼弯成迷人的弧线，他背后的世界灯火通明。

“现在也不算晚。”

楚江抿起唇，看着对面灿若繁星的眼眸，发自内心地笑了。

“嗯，不晚。”

段荣第一次看到楚江脸上露出笑容，远处一道火光冲上云霄，紧接着便在空中炸开，五颜六色的星星点点坠落，然后一轮又一轮的烟花陆续绽放，照亮了暗沉沉的天空。

“我最近遇见了一个有点可爱的人，他叫段荣。”

END

W U
THE ONLY ONE
暴脾气大老粗文盲将军
笑里藏刀腹黑上卿
忽然，一片叶子擦着他的发梢落下。
他抬起头，只见满院翠色，唯有头上这棵梧桐黄了叶子。
Y U

T O N G
梧桐
与卿
将军 上卿
文 明戈
Q N G

梧桐与卿

✦文/明戈✦

东北话十级修炼者，知名麻辣烫美食家，因帅气非凡，人称“古地乐”。微博@明戈Flamenco

01

将军是全国最年轻的将军，眉眼英气，虽然才二十岁，可战功赫赫，武艺超群。

每每大捷归来，他骑着战马进入城门时，总是有无数人守在那里，只为看一眼他身穿铠甲的身影，与那抹鲜红飘逸的披风。

战马铁蹄踏过，踏碎了泥石土块，还有万千少女的心。

面对那么多精心装扮的可人儿，将军却神色坚毅，一次都没侧目看过她们。

这日，将军胜仗归来。他驾马飞驰入城，耳畔再次响起了熟悉的惊呼。

“好帅啊！”

将军心中默念：不能看不能看，“人设”不能崩。

正当他打算一抖缰绳，留下一个完美的背影时，身后传来了此起彼伏的声音：“新封的上卿好帅啊！”

将军差点从马上掉下来。

02

俗话说得好，一山不容二虎，就算一文一武。

更何况，还是一只抢了自己风头的虎。

将军本想不着痕迹地打听打听新上卿，却没想到一进宫，就发现几乎所有人都在谈论他：

新上卿有多好看啦，多聪明啦，诗写得多棒啦……

不足五分钟，将军连新上卿的睫毛有几厘米都知道得清清楚楚。

将军一边听一边撇了撇嘴，会写诗有什么用，能赢胜仗吗？再说了，能有多好看？

将军昂首走向大殿，远远便瞧见一面生男子，白衣胜雪，墨发如瀑，静静地立在朝堂下。

将军愣了愣，没想到新上卿还真挺好看的。

“喂，你小子就是新封的上卿？”将军阔步走了过去，语气又拽又不屑。

他不想费力装礼貌，因为他的确瞧不上文官。武将用鲜血守卫疆土，忠勇无比，至于文官，只会动笔杆子耍嘴皮子而已，太过狡猾。

那人看着将军，表情一怔，而后笑道：“不是啊。”

空气瞬时凝固，将军觉得自己头顶升起“尴尬”两个大字。

“这……不好意思……”将军连忙道了个歉。

将军话音刚落，御史和那人挥挥手：“上卿早上好。”

将军心道不妙，中计了。

上卿向御史点点头，而后对将军挑眉笑了笑：“我接受你的道歉，刚才你的确挺没礼貌的。”

可恶，是笑里藏刀计。

03

“狡猾！太狡猾！我就说文官都不是好东西！”

将军回了府，气得直跺脚。

本想来个下马威，结果不小心被对方摆了一道。将军正捋着头盔上的红缨烦心，门外却响起了慢悠悠的马蹄声。将军跑到门口一看，只见上卿带着一车行李站在门口，正理着白衣的袖口。

“这是？”将军愣在原地，没搞清楚状况。

“叨扰将军，我来借宿。”上卿淡淡一笑。

将军吓得来了个战术后仰。

原来敌国近来势焰强盛，刚才竟直接飞鸽送来封宣战书。君主很是担心，便下令让朝里最强的文官和武将——上卿和将军，研究出个御敌办法。上卿觉得两人分别住在城南和城北，平时商量起事来太费劲，于是决定直接借宿到将军家，节省通勤时间。

将军皱着剑眉听完了上卿的来意，薅着红缨出神。

他正想扳回一城，上卿竟主动送上门来了，就是不知道这出是羊入虎口，还是引狼入室。

“别费脑子了，快秃了。”上卿看着将军，淡淡开口。

将军猛地回过神来，一捂发际线：“你才秃！”

上卿指了指红缨：“说它呢，你生什么气？”

将军吃瘪：“你！”

04

将军简直要气死了。可君主下令，他也不好撵人家走，于是咬着牙准备了间空房给上卿住。

除此以外，将军不搭理他，不和他一起吃饭，更是一次也没同他商量过应敌之法。毕竟自己才是武艺高强的大将，他不过是个伶牙俐齿的文官，有什么用？

这天上卿在门口给将军堵了个正着。

上卿："将军干吗躲着我？"

将军："没躲着你，我要去爬山。"

上卿："那我和你一起去。"

将军："不要！"

上卿："将军干吗躲着我？"

将军：……

将军以百米冲刺的速度登上山顶，看着被远远落在身后的上卿，满意地笑了，文官就是弱，他终于扳回一城。

将军本以为上卿不会上来，毕竟这山奇险，他的属下爬起来都嫌累，上卿这种瘦弱的文人又怎么会跟着自己找苦吃。

没想到等他倚着石头睡了一觉醒来，上卿竟坐在他的身侧。应是刚到不久，因为上卿的额角满是汗，面色也有些发白。

此时已是黄昏，上卿正看向远方，将军顺着上卿的目光看去，只见夕阳金黄，映着黛青的山，美不胜收。

上卿出口感叹："日尽青山尾，金熔翠色归。"

将军也想说点什么，憋了半天："太阳……真大。"

05

"我就说得离他远点！"将军一边踢石子，一边气自己从山上回来后喜提"文盲将军"这一外号。

将军算是看透了上卿，外表温润，实则绵里藏刀。

想到这，他又使劲踢飞了一个石子。

将军更气的是，上卿说对了，自己还真就是文盲，从来不看书，也不会写字。因为父亲打小就教导他读书没用，武艺高强才是第一位的。他也从来没觉得文盲有什么问题，毕竟文武不同。

可这回他竟觉得有些羞愧，他想起上卿在山顶时苍白带汗的脸。

许是因为这个，上卿这次来找将军商量应敌之计时将军没躲着他。

“三日后就是应战之日了，你觉得这计怎么样？”上卿推过来一张纸，上面密密麻麻写着一堆字。

将军瞄了一眼，支吾道：“不错。”

上卿看他的样子，眨了眨眼，猜到了什么。

“你不会……真是个文盲吧？”

将军紧抿着嘴，心一横，大声回道：“文盲怎么了，我骄傲！”

上卿“扑哧”一声笑了出来。

“不认字还骄傲起来了，这要是打仗时敌军从中使诈怎么办？”

将军梗着脖子：“我有一身武艺，怕什么诈？再说了，战场上都是以功夫论高低，强者为王。”

“你这是运气好，没人诈你。若真遭了难，只怕你连施展武艺的机会都没有。”上卿摇了摇头。

“那我就战死沙场，为国捐躯有什么悔的？”

上卿突然一拍桌子，声音发紧：“人活着比什么都重要。”

将军也一拍桌子：“活着从来都不是最重要的。身为武将，忠勇才最重要。”

上卿叹了口气，以一种朽木不可雕也的眼神看向将军，“啧”了几声。

“罢了，夏虫语冰。”

将军：“谁语病了？”

06

出征日。

“来人，传口信给上卿。”

将军骑在战马上，目光炯炯，身后的红披风猎猎作响。

“爷不会输。”

07

三日后。

“嗷……爷输了……”

将军蹲在家门口，抱着酒坛边号边哭。自己当将军以来，未曾一败，可这次……不仅城门口的人都在议论，家里还有个等着嘲讽他的上卿，想到这里将军哭得更凶了。

“进屋哭，外面丢人。”有人拍了拍将军的肩膀轻声说。

“我不回去！”将军抹了一把眼泪。

“英勇大将军的‘人设’不要啦？”

将军拔腿就跑了进去。

这一跑，将军酒醒了大半。他坐在院里，看了看面前的白衣男子，头拧向一边闷声说：“我输了，你现在可以尽情地嘲讽我了。”

上卿嘴角带笑，温柔道：“谁说我要嘲讽你了？胜败乃兵家常事，有什么丢人的。”

将军把头转了回来，看向上卿：“你未系统学过兵法，有如此成绩，已经十分了得了。若是再会些计谋，定是常胜将军。比如这次的战役，如此这般，是不是就不会败了？”说罢，上卿拿出一张纸。

将军不情愿地接过来：“你又不是不知道我看不……”

将军这才发现，上卿把它画成了一幅幅的图。

“若不嫌弃，我教你。”上卿眼神真挚。

将军有些愕然。

现在已是深秋，空气里满是凉意，可他忽然觉得这小小的院子似乎没那么冷，而这温暖的源头，竟是眼前梧桐树下，曾经同他势不两立的男子。

将军怔了片刻，而后挠头支吾道："要，要不你连写字一块儿教了吧。"

08

上卿是个很好的老师，教的速度奇快，除了……

"哈哈哈哈哈，这字是苍蝇腿吗？"

将军满脸黑线地看着笑得东倒西歪的上卿，几乎每次他交兵法作业，上卿都要笑上一炷香的时间。

"喂，差不多行了。"将军把作业本抢了回来。

上卿停了笑，理了理白衣："最近你学得够刻苦了，今天休息。"

说罢，他从身后拿出一壶酒，倒了两杯。

将军犹豫道："还是别休息了，邻国势力越来越强，上次我都是侥幸逃脱的。"

上卿一挑眉："怕什么，有我在，你死不了。"说完便仰头赏起月来。

看着气定神闲的上卿，将军觉得自己似乎也没那么慌了。

他发觉不知从什么时候起，自己开始信赖上卿，也不再觉得文臣无用。

他顺着上卿的目光看去，只见夜空纯黑色的幕布上，一轮圆月莹莹皎皎，干净得像白玉盘。

院里的梧桐落木萧萧，金灿灿的树叶纷纷扬扬洒下，慢镜头般落在二人肩头。

将军回头看向白衣胜雪的上卿，清楚地听到心里某种东西生长的声音。

“君院一片月，映心万语声。”上卿望得出神，口中喃喃道。

就像之前在山顶一样，将军听不懂上卿的诗。可他发觉每次顺着上卿的目光看到的世界都是美的，所以这诗也是美的。

将军觉得此情此景自己也该抒发些什么，于是仰起头。

“月亮……”将军憋了半天。

“真大。”

09

将军那晚回去后，半宿都没睡着。他头一次气自己这么没文化，听不懂上卿的诗是什么意思。

将军知道那些个文人都会互相回诗，这要是以后上卿和别人写诗，自己只有看着的份……想到这，他一骨碌从床上坐起来。

经过一夜的头脑风暴，将军破天荒憋出来了一句“君忆梧桐纷飞日”。

将军一笔一画把这句诗写到了纸上，他不知道写得如何，一直也不敢给上卿看。

直到这日君主下令，让他秘密护送一对七宝琉璃瓶去邻国。

将军是极不愿意的，他知道这就相当于服软进贡，可这是王的命令，他不得不从。

出发那天，上卿不知怎的知道了，非要偷偷跟着一起。

“这宝瓶既是两个，护送的人也该是两人。”上卿解释。

将军听后挠了挠头，而后想起来了什么，塞给上卿一张纸。

“瞎写的。”将军小声。

“写得真好。”上卿笑着说，“不用提醒，我记得那天。”

将军脸红了。

一路上，大漠孤烟直，长河落日圆。

“你们文官没见过这景象吧。”将军仿佛到了自己的地盘，朝着上卿努努嘴。

“上卿看我的马，跑得多快。”

“给你舞段剑花，帅吗？”

“等这次回去，你再教我点，我就去平了这敌国。”

将军骑着骏马高声喊着，意气风发。

上卿没有说话，只是笑着看着将军，看着夕阳把他的身影拉得很长，身后的红披风猎猎作响。

10

将军是一个人回来的。上卿说，他还有事要办，让将军先回去复命。可将军回了朝，才知道上卿是被扣在敌国了。

原来敌国要的贡品从来都不是那对琉璃瓶，而是人质。

上卿猜到了这一切，用自己换了将军。

“我去救他回来！来得及……他知道我的马最快了……”将军跌跌撞撞地跑了出去。

“来不及了，上卿已经死了。”属下拼命拦住了他。

属下说上卿宁死也不肯给敌国献计，临终前仍像个忠勇的武士一样，忠于自己的国家。

将军瘫坐在地，脑海闪回着上卿的话。

“有我在，你死不了。”

“人活着最重要！”

“不，是你活着最重要。”

……

11

将军还是那个将军，武艺高强，冲锋陷阵。

只不过比起原来，现在的他更加有勇有谋。

每每大捷，他不再张扬地甩着红披风，只是安安静静地摸一摸胸口的铠甲，而后转身投入下一场战役的谋划中。

整整五年，他几乎住在军营里，一次都没有回过家。

终于，将军灭了敌国。

大捷的这天正是夏末，树叶绿油油的，风吹过，哗哗作响。

将军没参加庆功宴，而是一个人回了家，走进那方院子。

他脱下满是血污的盔甲，盔甲内侧胸口处粘着一张泛黄的纸条。

他摩挲着纸条，似乎在回忆什么。

忽然，一片叶子擦着他的发梢落下。他抬起头，只见满院翠色，唯有头上这棵梧桐黄了叶子。

梧桐叶纷扬飘下，温温柔柔落在将军肩头。

一树深秋。

12

“先别走。”上卿拉住正要回城复命的将军。

“怎么了？”

“喏，还给你。”上卿笑着递过来一张纸条。

将军接过纸条，只见自己歪歪扭扭的字迹后面，跟了一行俊秀飘逸的回诗。

“君忆梧桐纷飞日，我寄君院一树秋。”

END

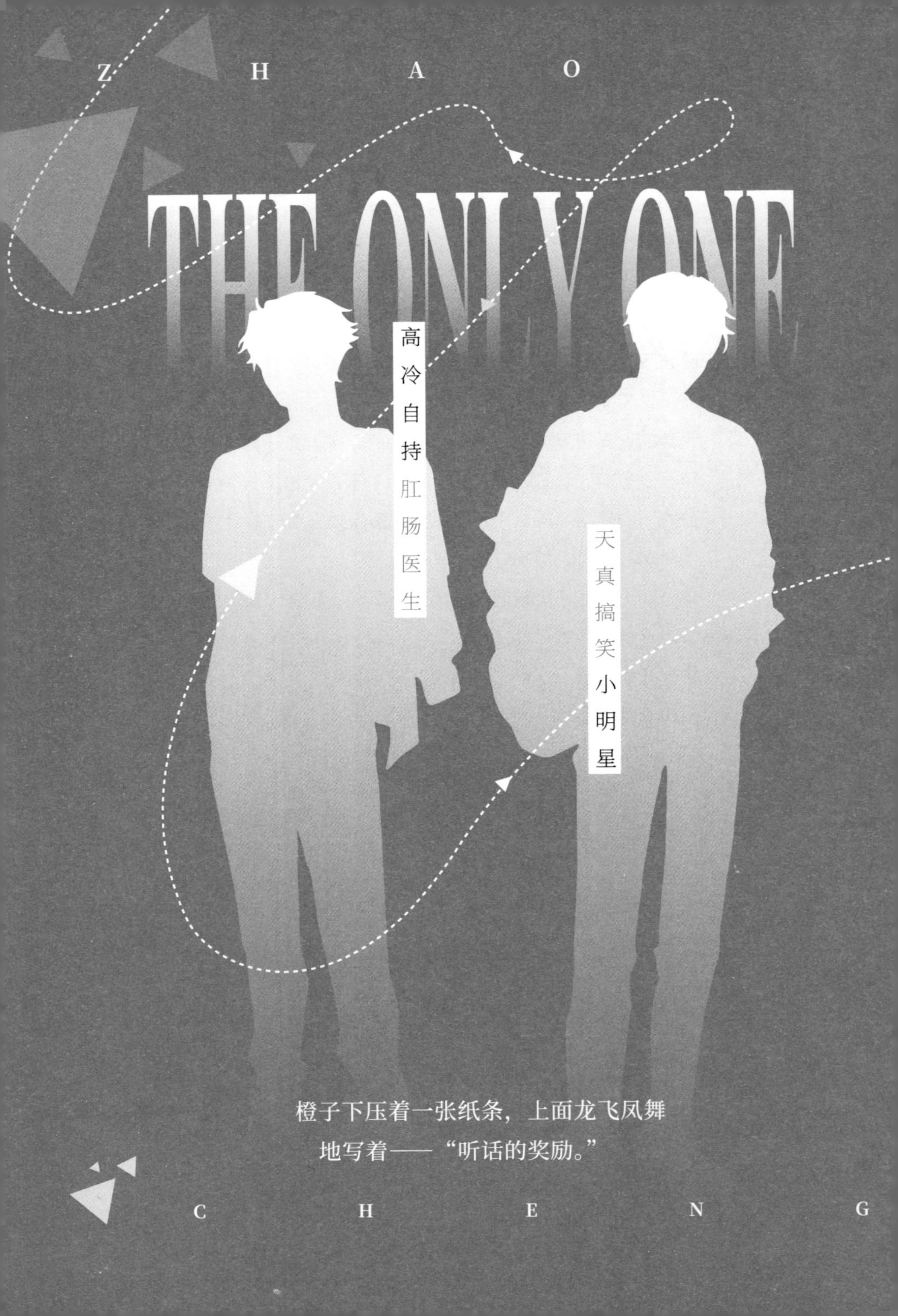
Z H A O
THE ONLY ONE
高冷自持肛肠医生
天真搞笑小明星
橙子下压着一张纸条，上面龙飞凤舞
地写着——“听话的奖励。”
C H E N G

D A B A O

小偶像也有难言之隐

程栋 × 赵大宝

文 ▸ 张大吉

D O N G

小偶像也有难言之隐

✦文/张大吉✦

爱生活爱养猫！微博@尹软软好软，欢迎来玩！

01

医院的候诊室，每天都是人满为患。

“请第一百三十八号患者，赵大宝进入诊室就诊……请一百三十八号患者，赵大宝……”

“来了来了！”

一道黑旋风冲进了诊室大门，把在过道上狂奔的小孩吓得哇哇大哭。

赵大宝就这样顶着小孩家长的骂声关上了门。

“你就是赵大宝？”

“是的。”赵大宝从自己的茶色墨镜后头看过去，被坐在工位上的医生惊艳到了。

哪怕是戴着口罩，都能透露出那无法阻挡的英俊！

苍天，现在三甲医院的医生都这么好看了，这世道这么“卷”的吗？

赵大宝莫名出现了一种职业危机感。

“坐吧。”

帅医生指了指旁边的板凳，一本正经地开始了问诊。

“多少岁？什么职业？”

“看病也要查户口啊。”赵大宝拽了拽自己的口罩，磨磨唧唧了半天才小声道，“二十一，目前的主要职业是用自己的青春换取金钱。”

医生抬起头，意味深长地看了他一眼。

不过赵大宝并没有注意到——他正对着板凳思索该从何坐起，毕竟每一个角度都会让他如坐针毡。

“是哪里不舒服？什么时候开始的？”

赵大宝总算别别扭扭地找了个相对能够接受的姿势落座了，他扭捏了一阵还是乖乖答话。

“菊部地区不太舒服，断断续续有半年了吧……最开始能用纸巾擦到一个揪揪，深呼吸还可以收回去，后来揪揪就回不去了，可以看到有血迹。”

不愧是见过大世面的医生，立刻领会了他的意思。

“主诉外痔可触及，有便血……肛周有瘙痒吗？”

赵大宝羞红了脸：“不痒，就是胀痛。”

“行吧。”医生站了起来，拉开旁边的帘子，示意道，“过来先做个指检看看情况。”

“我我……”赵大宝一蹦三丈高。

“别我我我了。”医生还跟他开了个玩笑，“都用青春换金钱了，这点小事不难做到。”

赵大宝笑不出来，但是赵大宝得遵医嘱。

他确实用青春换金钱来着，但他其实——

是个偶像。

虽然不太红。

02

“你这个外痔很严重，一直在出血。内痔也有破损，还有肛周脓肿的倾向，你看这几个……”

赵大宝扭着身子透过美瞳努力去看医生给他指着的小肉尖尖。

“熊猫偷竹笋——笋到家了？”

“噗。”

受过专业训练的医生一般不会笑场，除非忍不住。

“也算吧。”程医生清了清嗓子，“如果你继续培养它，它就会长成参天大竹子……就像这个一样。”

不是，你说就说，没必要戳我痔疮，真的。

“今天办入院，可以给你排明天上午的手术，术后大概住院五到七天。”程医生顿了顿，露出了迷之微笑，“检查结束了，你可以先把裤子穿好，我们再讨论下一步的治疗方案。”

“哦哦哦。”赵大宝匆匆忙忙地下了床，差点被裤脚绊倒，“程医生，我这一定要手术吗？我明天还有工作，能不能保守治疗啊，请假要赔钱的。”

“青春饭固然很短暂，但是年轻人要以大局为重啊。”程医生突然面带严肃，“你这样下去，是有发展成肛瘘的危险的。”

03

赵大宝被吓坏了，跌跌撞撞地走出了诊室。

他太过慌乱，完全没留意到身后传出的一声轻笑。

赵大宝病恹恹地办了入院，然后接到了经纪人艾米姐的电话，被一顿臭骂。

“你知不知道你接下来的行程都排满了！现在说请假就请假，造成的损失要谁来承担？做人做事连这点敬业精神都没有，你要怎么在圈子里混？”

“艾米姐。”赵大宝语气斩钉截铁，“我知道你都是为了我好，也是为了我们大家好，但是我真的很怕有一天在录制现场出事。”

如果真的有这么一天，他何止是不用当艺人了，他直接可以不用当人了。

艾米姐果不其然被他的豪言壮语给镇住了，最后只能嘱咐他好好手术，好好住院，早日康复，回来上班。

“我会跟粉丝发声明说你病了，别忘了保持人设，多发几条动态，给接下来的宣传搞搞热度。”

赵大宝耷拉着脑袋答应了艾米姐的要求，挂了电话就登上了自己的账号。

赵瑾成：“安禅未必需山水，灭却心头火自凉。[自拍 .jpg]”

今天也是用青春换金钱的一天呢。

04

小橙子：“哇！今天也是可爱弟弟！”

爱橙永相随：“我的乖弟弟！”

果冻橙：“可爱。”

赵大宝的评论区立马被大批粉丝攻陷了，不过这种事他已经习惯了，毕竟自从他误打误撞以童星的身份出道，到如今已经有十多年了，虽然没有大红大紫，但什么风风雨雨没见过，这种都是小场面。

身为一个艺人，他有很多小秘密。

就像没有人知道他的真名叫“赵大宝”一样，也没有人知道他痔疮犯了。

赵大宝忧伤地看了一眼窗边的火红落日。

世人皆爱赵瑾成，无人懂他赵大宝。

当务之急、重中之重是把住院手续办下来再说。

呜，屁股好痛。

05

住院部的病房里闹哄哄的，赵大宝端着自己的脸盆乖乖跟在护士身后。

“请问有单人间吗？”

他好歹是一个名人，能不能给他留下一丝体面。

赵大宝取下墨镜可怜兮兮地眨眼，亮晶晶的大眼睛柔软了护士姐姐的心。

可惜他们肛肠科只有三人一间的普通病房，每天还有家属护工走来走去。

护士姐姐也很为难，只能说道：“我去帮你问问程医生，看能不能通融通融。”

好在程医生的心肠和他的脸一样好，他专程跑了一趟，给赵大宝安排了一番。

“我们科室的单人间之前分给了楼下产科，不过正好有产妇和新生儿出院，可以给你安排一间。”

赵大宝捂着屁股一蹦三丈高，开心道：“谢谢程医生！”

“不客气。”程医生笑了笑，对着护士说道，“麻烦带他去 72 床，我就回办公室了。”

程医生目送着赵大宝欢喜地往病房走去，笑着摇了摇头，转身一边往诊室走一边拿出了手机，拨了个号码。

“王主任，病房的事情多谢了。没问题，下次请你吃饭……”

赵大宝顺利住进了单人病房，病房内还自带了一台电视、冰箱和微波炉。

不过他没什么心情看电视，因为他的屁股真的好痛，完全分不开注意力去干别的。

其实如果不是因为撑不住了，他可能也不会来看病的。

他长期连轴转，一周五天都在天上飞，基本没有什么时间能够好好休息。他这个偶像看上去光鲜亮丽，背地里其实屁股淌血，简直惨惨戚戚。

赵大宝正在胡思乱想，就听见管床的护士姐姐在呼唤他。

“72 床，去做常规体检，中午禁食，准备术前灌肠。”

“好哦。”

赵大宝抱紧屁股痛的自己。

06

虽然工作辛苦，但是好在他还年轻，检查出来各项指标都还正常。

“挺好的，可以进行手术。”程医生扶了扶眼镜，温柔地叮嘱，“不过你的体重有些偏轻，平常要多吃一点。”

赵大宝瘪了瘪嘴：“可是她们不让我吃。”

程医生蹙起好看的眉头，脸上流露出一丝不认同。

“为什么不让你吃？”

“唉……”

赵大宝摇了摇头，谁叫他是个艺人，前段时间偷吃火锅重了五斤才被艾米姐批评了，严正声明要他给减回去。

“医生，你不懂的……我身不由己。”赵大宝面露委屈，“吃了青春饭，别的饭就吃不得了。”

医生不懂，但是医生让他签字画押。

“这是你的手术同意书，我现在把大致条款跟你讲一下，你在这个地方签字就好了。”

赵大宝细细端详了片刻，看得他心惊肉跳，弱弱发声：“那个……医生呀，这个手术怎么还会有生命危险啊？”

程医生安抚一笑。

“我们也是按规矩办事，防患于未然。不过你不用担心，我的手很稳。”

可赵大宝却感受不到一丝温暖。

风好大，我好怕。

07

他错了，他真的错了。

他只知道要做手术，但不知道连术前准备都这么可怕。

“医生……”赵大宝的声音都在颤抖，“你说你拿的是不是打牛的针？”

拿着五十毫升注射器的程医生面不改色：“这不是用来打针的，这是为了注射灌肠液，帮助你清洗肠道的。”

“灌肠不是只要用那个小瓶瓶挤一点进去就可以了吗？”赵大宝还在垂死挣扎，他光着屁股跪在诊室的床上拼命扭动，“我真的不可以。”

“你可以的。”

程医生微微一笑，日光灯在他身上勾勒出一圈光晕，映得他的眉目更加俊朗。

赵大宝别着头都被这笑容迷晕了眼，一时间愣住了，直到——

“啊！”赵大宝一声哀号。

果然可怕。

赵大宝发誓他这辈子还是第一次感受到大海的汹涌。

“医生，我好澎湃啊。”

他闭上眼似乎还能听见海的声音。

“保持侧卧，再憋十分钟去排便。”程医生不吃这套，还对他进行危险发言，“时间不到排不干净的话，还要重新弄一次。”

“你不想一直重来吧？”

08

世界上有百分之六十五的人没有见识过海啸，但是赵大宝见识过了。

海浪拍打在脆弱的岩石上，赵大宝被大自然的壮丽击打得泪流满面，差点抱着马桶痛哭一场。

“72 床，准备好了就可以进手术室咯。”

赵大宝在这种争分夺秒的时刻掏出了手机，噼里啪啦发了一条新动态。

赵瑾成：“我听见海哭的声音，每一滴海水都拍打在我的心间。[自拍 .jpg]”

橙事不足，爱你有余：“弟弟别哭，你哭我也想哭！”

爱橙永相随：“哇！弟弟的文化素养真的绝了！”

果冻橙："加油。"

赵大宝已经无心再看评论区，他换下了脸上被泪水浸透的口罩，对着卫生间里的镜子拍了拍自己的脸，又重新戴了个干净的口罩回去。

无论生活多苦涩，也要保持优雅哦。

09

赵大宝一进手术室就开始腿软，扶着门不敢往前。

穿着手术服的程医生轻笑一声，淡定自若地拍了拍那张小床。

"赶快躺上来，我三点钟还有一台手术要接着做。"

赵大宝抬头看了一眼挂在房间里的时钟，现在已经两点一十五分了。

原来他的屁股只值四十五分钟。

还是护士姐姐温柔，看着他一动不动还安慰他。

"这个手术很快的，不用害怕。"

"好哦。"

赵大宝爬了上去，乖乖脱下裤子，让护士姐姐给他在屁股上罩了一块布，中间空出来一块，正好露出他的关键部位。

"这个手术是局部麻醉，我们先给你消毒，然后再进行麻醉。"

麻醉好啊，麻醉就不痛了。

赵大宝天真地想道，完全不知道自己将要面对的是什么。

10

赵大宝能清楚地感觉到一根细细长长的针穿进他的后腰，然后整个人连带头皮都发麻的感觉。

他控制不住地哆嗦，努力分辨医生的声音。

“放松。”程医生看他抖得跟筛糠一样，无奈地放低了声音安抚他，“平常不是胆子很大吗？不要紧张，马上就好了。”

赵大宝脑袋发晕，完全没听进去程医生的话。

他咬着牙苦撑，可怜他脑袋底下那个小小的枕头，都快要被他抓烂了。

过了好一会儿，程医生才笑着说了声：“好了。还不错，没有哭也没有叫。”

是他不想吗？赵大宝想，还不是因为他的偶像包袱太重，也许这就是合格偶像的自我修养吧。

“能感觉得到吗？”程医生开口问，“我这样牵拉会痛吗？”

“痛痛痛……”赵大宝委屈巴巴地叫道。

“这样吗？”程医生放下了手里的手术刀，说道，“那看来得多加一针麻药了。”

又来一针？

11

这也许是赵大宝人生中最漫长的半个小时。

在这半个小时里，他不仅要忍受身后的“舞枪弄棒”，还要时不时地强行开“盲盒”。

“这是你的外痔痔核。”

“这是内痔。”

“等等，这里还有一道新鲜肛裂，拿镜子来给患者照着看一下，我们准备进行缝合。”

真的大可不必，真的。

短短半个小时，赵大宝已经奄奄一息地躺着任由程医生揉扁捏圆了。

“你不要担心啦。”护士姐姐也哄他，“我们程医生技术很好的，会给你缝得很好看！”

赵大宝含泪“嗯”了一声，其实也不太懂要这种好看干什么。

给谁看啊，呜呜呜。

12

原来他的屁股连四十五分钟都不值。

赵大宝一路扶着墙挪回到病房的时候正好两点五十。

不是他赵大宝自夸，他真的好勇敢，别人做完手术都是靠轮椅推回来的，而他不一样，他是靠着麻木的双腿慢悠悠挪回的病房。

坚强且硬汉。

不过等到病房门合上的那一刻，两行清泪从他的眼眶中滚落，这一开了闸就如同奔驰的野马一般，根本停不下来。

赵大宝趴在床上“咿咿呜呜”，完全没察觉病房门正被缓缓推开。

“你下午先好好休息，注意尽快小便，因为麻药的关系，尿液颜色可能有不同，是正常情况……”程医生停在了门口，“赵大宝，你在哭吗？”

我不是！我没有！不是三点还有一台手术的吗？为什么只剩十分钟你还换了衣服出来一趟啊？

赵大宝失声痛哭被抓了个正着，干脆把脑袋埋进枕头里面当鸵鸟。

程医生走过来拍拍他的枕头：“别闷着了，听到了吗？”

被枕头捂住的赵大宝瓮声瓮气："听——到——了。"

他真是丢人。

等到房间里没了动静，赵大宝才掀开枕头，程医生已经离开了，床边的小柜子上摆着一颗水灵灵的大橙子。

橙子下压着一张纸条，上面龙飞凤舞地写着——

"听话的奖励。"

13

失败了。

赵大宝已经在厕所与病房之间艰难往返好几趟了，他现在很憋，每一寸括约肌都在叫嚣着开闸放水，可是每一次吐息，后方都会传来一阵钝痛——跟铁锤敲脑瓜仁一样的痛。

根本一滴也没有了。

就这样吧。赵大宝自暴自弃地趴在病床上想。

一直上娱乐版块的他，临死前也终于可以因为手术后遗症上社会新闻了。

"某年轻艺人暴毙，其中原因竟是这样！"

"知名偶像赵瑾成的难言之隐！"

赵大宝越想越悲伤，只有拿出手机来刷一刷，才能勉强抵挡一些痛苦。

在他之前惊心动魄的半个小时里，艾米姐已经借由公司账号发布了他因身体情况退出之后的宣传活动的消息，现在这条微博下面全是粉丝的关心。

赵家大橙子："要好好照顾自己呀！"

果冻橙："早日康复。"

橙橙百年老店:“多多关注我们瑾成 12 月 18 日上映的新片……”

赵大宝坚强地动了动手指。

赵瑾成 :“谢谢大家的关心，是小问题，不用担心。”

就是他真的胀得要命。

14

公司给赵瑾成制定的人设是文艺硬汉，心有猛虎细嗅蔷薇，说是这样有反差感比较好吸引粉丝。

可是实际上的赵大宝非常脆弱，割了痔疮都要在病房里蒙头痛哭三个半小时。

他的“呜呜”声仿佛是电视里访谈节目的背景音乐。

“其实我们粉丝都想知道一个问题，瑾成你总是对外界展现出一副很坚强的样子，你就没有无助的时候吗？你上一次哭是因为什么呢？”

“软弱对于我来说是最没用的东西了，无助的时刻每个人都有，但是我们必须要勇敢面对，去击垮无助，破茧成蝶。”电视里帅气的男生勾唇一笑，“上一次哭就是工作需要，作为演员我们必须满足导演和观众的要求，说哭就哭说笑就笑。”

赵大宝抽抽搭搭地抹了把脸。

他是个骗子。其实他总是无助，经常落泪，时有焦虑。

他吸了吸鼻子，抱着枕头勉勉强强翻了个身。

聚光灯下的赵瑾成，根本就是个假的啦！

15

现在是下午六点三十分。

在程医生的帮助下，赵大宝迎来了阔别三个小时四十分钟的释放时刻。

他看了看溅起的水花，又看了看紧闭的门板。

“现在有小便了吗？”

程医生好听的声音从门外传进来，简直是大珠小珠落玉盘，如听仙乐耳暂明。

“有了有了。”

“很好，流水声果然是有效的。”程医生非常为他高兴，“这样就不用插导尿管了。”

噫！赵大宝一个哆嗦，光是听这三个字都有被痛到。

“尿液是什么颜色？”程医生又关心问道。

“是……”赵大宝仔细琢磨了一下，认真回复道，“大海的颜色。”

蓝绿蓝绿的。

果然是男人的胸怀像海洋，爱在风暴里逞强哎。

16

“没事的，爸妈你们做你们自己的事，不用特地赶回来。”几个小时前还哭得死去活来的赵大宝，现在正一脸镇定地跟家人视频，“医生都说了，几天就能出院的，等你们折腾半天回国了，我这边都出院了。”

“没关系的，我不需要照顾，自己就能行。你们那儿快开工了吧，去忙吧……嗯嗯知道啦，拜拜。”

视频断掉的一瞬间，赵大宝跟放了气的皮球一样直接瘪在了床上。

“唉……”

他好脆弱，但是又真的好坚强。人性果然是复杂的。

对了，之前没提起过，赵大宝的爹赵朝阳是个导演，他妈是赵导的御用编剧，他们神雕侠侣快意江湖已经三十载了，某种意义上，赵大宝踏入这个圈子，也是因为爸妈的门路。

这次他来医院本来是瞒着爸妈的，谁知道公众人物的确没有秘密，正在国外取景的爸妈还是知道了消息，他百般劝说才勉强打消了父母回国的念头。

没有办法了，谁叫他就是这么一个被父母疼爱的大宝贝。

17

赵瑾成："故天将降大任于斯人也，必先苦其心志，劳其筋骨，饿其体肤，空乏其身，行拂乱其所为，所以动心忍性，曾益其所不能。"

每天更爱橙："弟弟怎么了！怎么不发自拍了！"

果冻橙："熬一下，加油。"

橙心橙意："是不是特别不舒服呀弟弟？"

赵大宝拿着手机翻了个身，因为拉扯到屁股里头的棉花直接痛到变形。

"嘶！痛痛痛……"

他真傻，真的。他只知道做了手术就可以一绝后患，但不知道还要经历这么多的坎坷。

指检他扛过来了，做手术的痛他憋住忍了，释放自我他想方设法搞定了，可是现在却被屁股里塞的大棉花团子搞到崩溃。

这种感觉很难形容。他又涨，又疼，又麻木不仁。

这根大棉花好像不是塞进了他的屁股，而是活生生地塞进了他的主动脉血管，他的心扑通一下，他的屁股就痛一下。

根本没有力气自拍啦。

大宝委屈。

18

“医生，我可不可以打止痛针啊。”赵大宝戴着墨镜围着围巾，可怜兮兮地趴在值班台上哭诉，“我真的好痛哦。”

正在值班台加班整理患者病历的程医生抬起头来，对他笑了笑：“动了手术之后，确实是会有点不适的。”

赵大宝还没来得及高兴，就听到程医生话锋一转，补充道：“但是鉴于你还这么年轻，还是尽量忍一忍，毕竟能不用药就不用药是最好的。如果实在是忍不下去了，我再给你开一点止疼药，好吗？”

赵大宝奄奄一息。

我有什么好不好，反正我也选不了。

19

赵大宝坐立难安，也睡不着觉，干脆抱着自己的书去了值班台。

“医生。”赵大宝夹着尾巴，可怜兮兮地搭讪，“我可不可以在这里看一下书啊，我很安静，不会影响你们做事的。”

为了营造温馨的住院环境，他们医院单人病房里的灯管是暖色调的，不像外头都是白炽灯，看书特别费眼，一点也不科学。

“可以的。”程医生果然很通情达理，还专门给他收拾了一块地方放书，“考研英语？你打算要考研吗？”

“是的呀。”

众生平等，小偶像也为这考研头疼。

20

谁都想不到，出道快十六年的赵瑾成，一心只想当表演老师。

这么多年以来，他参演过不少影视作品，出过专辑，拍过 MV，更上过不少五花八门的综艺，可是他心中真正向往的竟然是那三尺讲台。

他不喜欢总是被“人设”束缚，也不喜欢活在聚光灯下面，一举一动都被人无限放大，其实他现在已经不缺钱用了，也没什么消费的欲望，对奢侈品更没什么执念，他只想要做一个普通人，过他自己的小日子。

“我以后想留在学校里当个老师。”作为赵大宝的时候，赵瑾成可以无所顾忌地把自己的想法讲给别人听，“我明年就大四了，虽然之前已经考了教师资格证，但是学历肯定不行。我们现在留校的都是博士生了。”

所以他也务必要努力准备，先考上研究生再说呀！

想到这里，赵大宝的熊熊斗志又开始燃烧，他翻开了考研词汇书的第一页念叨道。

“放弃，abandon，abandon，放弃……”

噫！这个书好不吉利。

21

“这个选项选 D。”

陷入考研英语漩涡的赵大宝猛地一抬头，就看见程医生正笑着看他。

“为什么是 D 啊？”

赵大宝挠了挠脑袋，他想不通。

程医生查房之前就看见赵大宝卡在这道题上，查完房回来发现他还是原封不动地卡在这里，实在是没忍住给他解答。

“你看这道题问的是什么，‘这个专家的观点和以下哪一条不符’，对吧？”

赵大宝傻乎乎地点头。

“是。”

程医生循循善诱：“然后我们通过这个专家的人名去正文里寻找他对应的观点，这个专家的名字在正文哪里出现了？”

“在这里，第三段。”

“很好，我们再来看，第三段这里‘and’前后的句子是一个意思，我们只用看一半就好。这里有一个什么？”

“unfor……tunately？”

程医生点头：“‘unfortunately’是什么意思呢？”

赵大宝似懂非懂：“不幸地。”

“对，所以这里这个‘unfortunately’表示的是什么？是一种否定和转折，相当于‘but’。”医生掏出胸前口袋的签字笔，指了指卷面，“所以，这个词前后的意思表转折，说明后头这半句才是这个专家的观点，而前头半句呢？”

“被被被……”赵大宝激动到磕巴，“被否定掉了！”

“就是这样。”程医生收起笔的时候，用笔杆轻轻敲了敲赵大宝的头顶，“你再看看被否定掉的内容，是不是D选项。”

“是的！”赵大宝两眼放光，“医生！你太厉害了吧！你是不是也是硕士呀！”

“不是哦。”

程医生微微笑道。

“我是博士。”

22

赵瑾成：“三人行，必有我师焉。择其善者而从之，其不善者而改之。[自拍 .jpg]”

橙事不足，爱你有余：“今天也在努力学习呢，弟弟！身体要紧哦，不要太累！”

果冻橙：“你一定可以的，相信自己。”

爱橙永不离：“弟弟今天也在努力！”

赵大宝放下手机，看着已经被他的笔记挤得满满当当的四张英语卷子，露出了感动的微笑。

他竟然一个晚上做完了四张卷子！真的太厉害了吧！

这也多亏了他英俊又善良的主治医师兼英语老师程医生，一整个晚上只要没照看病人时就在值班台给他讲卷子，事无巨细，简直不能更贴心。

“谢谢你医生！”赵大宝兴高采烈地说道，“我简直太感谢你啦！”

“不用客气。”程医生回过神，把刚刚拿起来的手机放回了桌面，轻轻笑了笑。

程医生笑起来的时候，右边脸颊上有一个小小的酒窝，只是平日里戴着口罩瞧不见，赵大宝也是现在才发现，一不小心就看呆了。

“又发呆？”一晚上过去，程医生已经可以非常自然地拿起笔点点眼前人的额头，“你这不专心的毛病得治治。”

“那你可以治吗？”赵大宝傻乎乎地问。

程医生的酒窝又露了出来：“我要是能治你就遇不到我了。不过也多亏你注意力不集中，一晚上时间还是过得很快吧，没用止疼药也扛过去了。”

直到程医生这么说，赵大宝才发现自从自己一心一意做起了英语卷子，真的一晚上都没有再喊过屁股痛。

“医生……”赵大宝眼泛泪花，恨不得给程医生当场颁发锦旗。

真是感天动地。

23

“呜呜呜……”为什么连拔止血棉都是意想不到的痛？赵大宝不理解。

“医生你轻一点，我求求你了。”

经过一个晚上的时间，他尚且还在恢复中的伤口，已经和那一大条塞在屁股里的棉花成了好朋友，腻腻歪歪地黏在一起不想分开。

“你要尽量放松一点，你太紧张了，我们更不好操作。”

“好。”

赵大宝实在是过于紧张，只能努力用说话来缓解恐惧。

“护士姐姐，给我开闸的为什么不是程医生啊？”

“程医生下夜班了，刚刚交班回去休息啦。”护士姐姐还是昨天手术室里的护士姐姐，“不要怕，我们李医生的技术也是很好的。”

李医生是个漂亮姐姐，对着赵大宝微微一笑，赵大宝直接羞红了脸。

“弟弟你不要紧张，只要这个止血棉取出来了，你就会好受很多的。后续只要好好上药消炎就可以很快恢复了。”

赵大宝正在认真倾听医嘱，就感到后方一痛。

“嗷！”

“哎呀呀。”李医生抱歉笑笑，“本来想要转移你注意力来着呢。”

就是没成功哦。

24

赵大宝一下子成了一只螃蟹。

护士姐姐推着红外线照射灯笑眯眯地跟在他后面：“72 床快点上床，我们要烤灯咯。”

赵大宝已经麻木了，任何事情都不能让他的心产生波动，他的心比在超市杀了十年鱼的阿婆都还要冰冷。

他缓慢躺上床，露出屁股蛋。

“烤吧烤吧。”

想怎么烤就怎么烤，他已经不会再爱了，呜！

“弟弟你皮肤好棒啊。”护士姐姐利索地帮他摆正位置，“长得也好看，跟明星似的。”

“哈哈哈。”赵大宝凄惨地露出假笑，“姐姐你真会开玩笑，我怎么可能当明星。”

他可不想以后给医院肛肠科当代言人。

丢死个人。

25

没有程医生的一天就是平淡无奇的一天。

赵大宝除了吊消炎药水，喝点稀饭，就是去护理台跟护士小姐姐吹牛打趣。

“72 床你睡觉之前要记得坐浴哦。”

“怎么坐浴啊？”赵大宝满脸迷茫。

“就是把程医生今天给你开的药包放进盆子里，然后用开水冲开就可以了。”

开水真的不会把我给烫熟吗？

赵大宝看着眼前被开水冲出奇怪颜色的药包和在盆里翻涌着的滚烫蒸汽，一时有点傻眼。

作为十指不沾阳春水的偶像，赵大宝确实没有什么生活常识。

就在他呆愣之际，程医生的声音突然传来。

“怎么还没休息？”

“医生！”

赵大宝兴奋得如同看到亲人，可算是找到救兵了。

26

程医生听了他的求助，简直哭笑不得。

“才用滚水冲开，温度还很烫的时候，你就只用熏蒸就好了。等到温度降下来再进行坐浴。”

“这样啊。”察觉自己犯了傻的赵大宝不太好意思地挠了挠脑袋，“谢谢你呀医生，又麻烦你了。不过你今天不是休息吗？怎么这么晚还来医院？”

特别是现在的程医生穿着常服，也没有戴口罩，整张脸毫无遮挡地展现在赵大宝面前，他还怪不习惯的。

“我刚好路过医院，就过来看看你。”程医生说着埋怨的话，语气却温柔得不可思议，“毕竟你这么不让人省心。”

赵大宝突然一句话也说不出来，程医生也不怎么在意，只是叮嘱他：“好好坐浴，然后早点睡觉休息，我明早再来查房，晚安。”

病房的门悄悄合上，赵大宝才捂着自己心口找回了属于自己的声音。

“晚……晚安。”

他喃喃自语，也不知道是说给谁听。

27

赵大宝光着屁股蹲在病房里，忍不住拿出了手机，又发了一条动态。

赵瑾成：“东风袅袅泛崇光，香雾空蒙月转廊。[月亮夜景图 .jpg]”

第三十六颗橙：“今晚月色真美！”

果冻橙：“早点睡觉。”

橙橙的小叶子：“我这边月亮也超大超好看的！”

赵大宝改了小号登录，暗戳戳地刷着自己的评论区。

因为他当年六岁出道时出演了一个叫“小甜橙”的漫改真人角色，所以他的粉丝们都自称“橙子”，从他还是个萝卜头开始到现在这么多年都没变过。即使他们公司非要他做一个硬汉，他的粉丝们也一如既往执着地叫他“弟弟”。

他刚刚成年那一两年还有点不满意，想要彻底转型当硬汉，不过现在他已经放弃了。

弟弟就弟弟吧，大家开心就好。

赵大宝的小号名字叫作“大宝天天见”，他一向只潜水不发言。

他看着评论里的热闹，忍不住也被开心的情绪传染。虽然粉丝一直把他当作小孩有点奇怪，但是他还蛮高兴有这么多人一直支持他的。评论里好多老粉，他都已经眼熟得不得了啦。

特别是这个每次都出现的“果冻橙”，已经陪伴着他很多年了，几乎每一条赵瑾成的动态下头都有她的身影。

不过她的留言一直都很简略，跟大多数总爱吹捧他的粉丝不大一样，每次都在叮嘱他好好吃饭好好睡觉好好学习。

感觉是个成熟又温柔的大姐姐。

赵大宝开开心心刷动态，等到盆子里的水都变温热了，才小心翼翼地一屁股坐了进去。

嘶！

虽然过程艰辛，但他还是很开心，以后他赵大宝就不是“有痔青年”啦。

28

结果他的开心在第二天面对厕所无能为力的那一刻戛然而止。

“医生！”赵大宝声嘶力竭地呼唤例行查房的程医生，“我不行了。”

程医生看着他哭笑不得：“刚刚接班的时候听李医生说了，你昨天状况很好啊，现在是觉得哪里不好？”

“我，我……”赵大宝看着程医生屁股后头跟着的一串白大褂，别别扭扭地开了口，“我……拉不出来。”

虽然他的肠子在叫嚣，但是就像有程咬金扛着三板斧在“门口”拦着，他稍微一用力就有人给他一斧子，疼得他直冒冷汗。

“你不用害怕，现在是可以正常排便的。”程医生拍拍他的肩，示意道，“你先别紧张，我们看看。”

赵大宝乖乖摆好姿势，就听见身后清脆的嗓音响起。

“来，大家看过来。”程医生说道，“我现在要辅助 72 床排便了。”

程医生来给大家表演一个疏通管道，嘿哈。

29

赵大宝这辈子的羞耻心都在今天用光了，就是现在要他当场裸奔他也不会觉得丢人了。

他活了二十年都没有想过，当堵在门口的“巨石”轻轻移动之后，里头的不是石头，而是泥石流！

妈妈！我好丢脸！我下辈子不想当人了。

“其实没关系的。”程医生刚从泥石流里逃生，还体贴地过来安慰他，“这都是正常的现象，医生不会因为这一点小事就对你另眼相待的。”

“可是，医生……”赵大宝委委屈屈地说道。

“什么？”

“那个……”赵大宝皱了皱鼻子，努力闭气祈求道，“我能不能换个病房啊？”

实在是有一点臭，他好难忍。

30

换了新病房的赵大宝终于迎来了新生。

他每天早起清洗伤口，再去医生手底下换个药，然后乖乖回病房烤灯，之后再吃个好消化的早餐，安安静静地等着护士姐姐给他挂水，一下子就混到中午去了。

下午睡一觉，然后看看电视，吃个晚饭再去外头跟值班医生护士闲扯一阵，稀里糊涂地就到了晚上。

他适应得飞快，以至于伤口拆线那天他都没有像之前一样长吁短叹。

但是他回了房间还是被疼得一直哭，哭到同样住在单人间的隔壁产妇都来关怀他，把自己家里送来的黄豆猪蹄汤分了他一份，希望他早日走出“术后抑郁”。

他这几天别的没学会，英语的应试能力倒是突飞猛进，正确率在程医生的指导下逐步提升。

“医生。”赵大宝靠在程医生的办公室门前求助，“能不能麻烦你帮我看一下这道题要怎么分析啊？”

旁边护士站上夜班的护士姐姐都打趣：“弟弟来这儿看病，看着看着还有免费补习服务啦。”

“护士姐姐你别取笑我。”赵大宝满脸认真，“我明天就要出院了，当然要抓紧最后的时机冲刺！”

不能放过一分一秒啊！

这可是白捡的老师。

还是博士。

31

“行了，学到这儿差不多了。”程医生看着眼皮直打架的赵大宝，无奈地说道，“这都凌晨两点过了，你赶紧回房间休息吧。”

“唉……”赵大宝长吁短叹，“医生，我舍不得你。”

程医生还没来得及回话，就听见赵大宝幽幽地道：“这么好的一个英语老师。”

程医生又气又好笑：“真是没良心。快去休息了，现在已经很晚了。”程医生从位置上站起身，准备进行定时的查房，他嘱咐道：“明天你出院我正好轮休，没办法交代你，就现在简单跟你说几句。”

“回去之后记得清淡饮食，早晚继续涂外用药膏帮助恢复，平时记得多做提肛运动，行走坐卧都可以练习。虽然你现在算是基本康复了，但是如果不改变生活习惯，它也会卷土重来的。”

程医生还是跟第一天见面时一样帅气，他值夜班的时候把口罩摘下来放在了一旁，显得越发眉眼如画，英俊潇洒：“我想你也不会希望我们再欢迎你下次光临的。”

“我知道了程医生，谢谢你这段时间的照顾。”

赵大宝抹了把脸，他也明白，有些人再见就是永别。

他感慨万千，对眼前人许下诺言：“我会尽我所能，多给你们肛肠科介绍几个病人过来的，一定照顾你们的生意。”

程医生的笑容有一丝僵硬。

不，其实这也大可不必。

32

赵大宝第二天出院的时候果然没有看到程医生，不过他依旧有好好地跟漂亮的李医生以及温柔的护士姐姐们告别。

谢谢她们这段时间的照顾，也感谢她们对他这么一个不分日夜戴着墨镜口罩的危险分子和其他病人一样一视同仁。

谢谢她们让他重获新生。

他收拾好包袱打道回府，结果还没有得意三分钟，艾米姐一个电话打过来，给他安排了接下来一个月的工作。

“姐……我真的是前三十分钟刚刚踏出医院大门。”

“给你放了一周的假，你别再跟我磨磨唧唧讲什么价钱。”艾米姐把他安排得明明白白，“特别是下周就是你出道十六年的纪念日，我们准备举行一场粉丝见面会，到时候会把你的忠实粉丝请过来，大家一起互动，增加粉丝黏性，你听见没？”

“哦。”

他听不听见又能怎么样呢，他又做不了自己的主人。

赵大宝叹气。

33

粉丝见面会如期举行。

赵大宝趁着准备妆发的时间一边努力搞阅读理解，一边偷偷做提肛运动。

一天不提肛，大宝心发慌。

“一会儿你准备好了先去跟粉丝见个面，握个手，签个名。”

经纪人的吩咐听得他只能小鸡啄米似的点头：“好哦，好哦。”

他真的好想知道这道题是选 B 还是选 D。

“老粉的名片都在主持人那里，到时候他叫到谁，你就跟人家互动一下，听见没。”

“知道了，知道了。”

B 和 D 怎么感觉都没错呢，好烦心。

赵大宝抬头看了看窗外，离开医院后第无数次想起程医生。

一直叫人家医生医生，除了知道他姓程，都忘记留心人家全名叫什么了。

唉。大宝叹气。

34

好在赵大宝虽然心不在焉，但还是很有职业素养的，该他出场的时候从不掉链子。

“接下来我们欢迎瑾成的老粉上台来跟我们瑾成互动。”

赵大宝非常友好地给“爱橙永相随”的婴儿帽上签了字，又给“每天更爱橙”写了亲签，祝她早日实现财务自由。那些每天活跃在评论区的橙子们有了具体的形象，每一个都包含着对他的爱和善意。

“接下来我们有请粉丝‘果冻橙’上台，跟我们瑾成一起互动。”

看清台下出现的人的那一刻，赵大宝睁大了眼睛。

“哇哦，这是我们瑾成难得的男性粉丝呢。”主持人还在尽职尽责地炒热气氛，“让我们一起用掌声欢迎这位帅哥！”

“你好，我是果冻橙。”

程医生今天也是一样的帅气逼人，他穿着常服，更加风度翩翩光彩照人。

“大名程栋，我是一名医生，也是你的粉丝。”

“非常感谢您的喜欢！”赵大宝战战兢兢地跟程医生握了握手，趁着大家欢呼的间歇捂住衣领上的麦克风，鬼鬼祟祟地悄咪咪喊他，“医生……”

此时此刻衣着光鲜的知名偶像赵瑾成跟之前那个强撑着刷题不睡觉的痔疮患者赵大宝没有任何区别，他用着他惯用的口吻低声道：“我刚刚又有一道题不知道怎么做了哎。”

英俊的“果冻橙”粉丝先生，露出了跟程医生一模一样的浅笑，他也学着赵大宝的样子，偷偷摸摸地侧头低声道。

“没关系，我一会儿教你。”

END

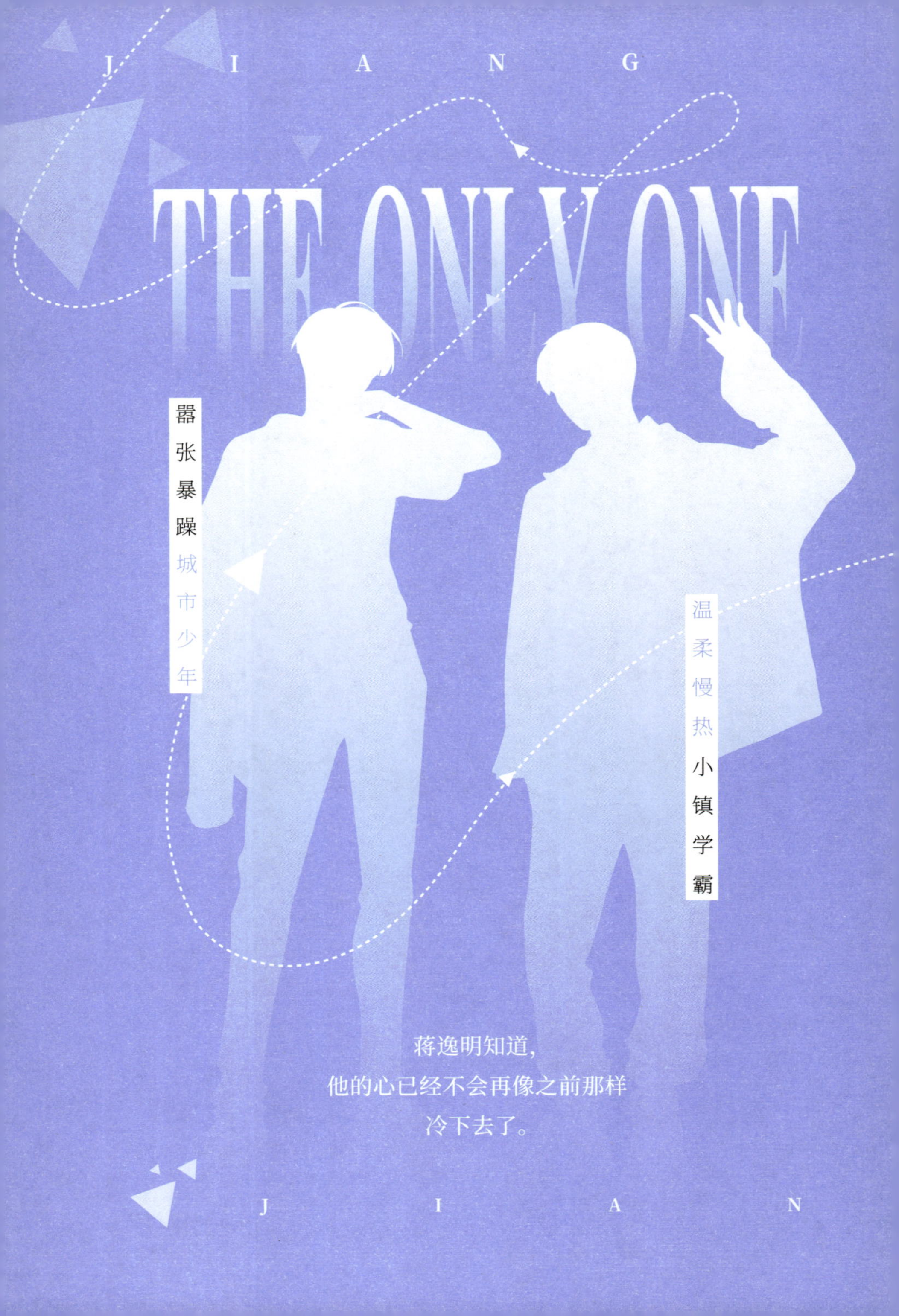
J I A N G
THE ONLY ONE
嚣张暴躁城市少年
温柔慢热小镇学霸
蒋逸明知道，
他的心已经不会再像之前那样
冷下去了。
J I A N

Y I M I N G
否定
不和
蒋逸明 × 江忍
文 三木吱
R E N

否定不和

✦文/三木吱✦

开心消消乐一千关通关玩家。

01

开学日期将近，蒋逸明却坐上了回老家的大巴。

这趟车程近四个小时，蒋逸明上车将手机关机后倒头就睡，到终点站时才被司机叫醒。他稀里糊涂不知道做了什么梦，睁眼发现外边太阳已经落山了，老旧的车站没几盏路灯，看起来冷清又衰败。

蒋逸明向司机随意道了声谢，下车取走了自己的行李箱。他站在车站外的路灯底下将手机开机，准备看看他姥爷家的地址。

蒋逸明连上网没几秒就弹出了十几条微信消息，全是蒋政鸿发来的语音，有的十几秒，有的三四十秒，蒋逸明一条也没点开来听。他用脚趾头想都知道蒋政鸿对他说了些什么，无非就是骂他不懂事不争气要气死人之类的话语。

微信再往前翻是蒋政鸿昨天凌晨给他发的文字消息：你要真不想读书，不想待在这个家就滚！在家你要跟王姨对着干，我养你这么多年不是为了听你说那些寒心话来气死我们的，已经给你联系好老家的学校，明天你就收拾东西给我滚远点！

谁把谁气死啊？蒋逸明在心里嗤笑，要是几句话就能把人气死，他早被蒋政鸿家里新找的那位气死八百回了。他妈妈才走了几年啊？搞得就跟只有他们俩才会生气一样，说那么多干什么，滚就滚呗。

蒋逸明退了微信，在备忘录里找到了昨晚记下的地址。自从妈妈去世以后他就很少回老家了，都是姥爷进城里来看他，但大多都是避开蒋政鸿的，姥爷心有芥蒂，不愿意再见这个女婿。

不过令蒋逸明头疼的是，他翻出地址复制进地图软件后却找不到精准定位，地太偏了，姥爷家在乡下，只能搜出个大概路线。

不是什么大问题，蒋逸明研究了一下，觉得自己根据大方向再结合仅剩不多的童年记忆，应该还是能找回去的。

正当他迈出步子准备过马路时，一辆电动车歪歪扭扭地停在了他身边，蒋逸明下意识往路旁躲了躲，却并没有回头。

“讲……讲……”

身后传来少年的声音，因为离他很近，蒋逸明不用留心也能听见。那人讲话结结巴巴的，不知道在跟谁通电话还是干什么，讲了半天也没蹦出更多字来。

“蒋逸明……你是，你是蒋逸明吗？”

蒋逸明顿住，转身之后发现，骑在电动车上的是一名戴着顶浅绿色安全帽的少年。在蒋逸明微微皱着眉头，边打量他边回答说“我是”时，那男生有些腼腆地脸红了。

“我叫江忍，我是来接你的。”

蒋逸明盯着他看，想到他刚才歪歪扭扭地将车停在自己身边时的样子，对这话充满了怀疑。

“谁让你来的？”

“霍爷爷……你姥爷。”

蒋逸明的姥爷的确姓霍，虽说这人看起来不坏，但面对陌生人，蒋逸明该有的警惕心还是一点不少的。他有什么情绪也不喜欢藏在心里或者委婉表达，通常想说什么就说什么。他不是很相信这个江忍，因此又问出了第二个问题："我姥爷怎么没告诉我一声？"

"他打过你电话，打了好几个，你关机……我会骑电动车，我就，来等你。"

"噢，"蒋逸明寻思刚才开机也没看见未接电话提示啊，"那你再说说我姥爷家在哪里呢？"

江忍在这里等了蒋逸明两个多小时，他手机里存了霍爷爷发过来的蒋逸明的照片，时不时就掏出来看看加深印象，然后紧盯着大巴车上下来的游客。刚才蒋逸明沿着路边走，他不小心就看漏了。不过他一点也没有因为等了这么长时间还被怀疑而生气，蒋逸明的话虽然直白，但江忍觉得是应该的，他既然来接人，就有义务说清楚信息让人家相信自己。

他随即报出了蒋逸明姥爷家的具体地址，又说："你别，担心，我就住在霍爷爷家隔壁，你应该不记得我了，但我记得你，你小时候回来玩，还给过我两块巧克力。"

"哦哦。"蒋逸明连他姥爷家什么样都快不记得了，怎么会记得姥爷家隔壁还有个什么江忍。

"你上车，我载你回去。"

"你载我？"蒋逸明看着那辆小型电动车，"这能坐俩人吗？"

"能的啊。"

"行李箱怎么办？"

"放，前面，没事，你来。"

天快黑了，蒋逸明没再坚持，他沉默地把东西搬到前面，心想幸好没带大行李箱，就这点地方，二十寸的箱子放上去都勉强。

直到跨上车，蒋逸明还是没忍住询问一遍："要不我来载你吧？"

江忍扭头看着他，说："天黑，你不熟悉路，我来。"

"噢。"蒋逸明坐好后不吭声了。

江忍作势要把自己的绿头盔取下来给他戴，蒋逸明看那绿油油的东西要往自己头上盖，吓得身体后仰，连说不需要。

他个子高，块头大，动作大一点就把车带得左右晃动，江忍拗不过他，把帽子戴好后握紧了方向头。

"坐好，出发了。"江忍说话音量小语速又慢，听起来还有点结巴，蒋逸明本来就心情烦躁，听他说话断断续续听得更烦，"嗯"了一声，虽然在电动车坐稳了，但还是尽量和江忍保持了一定距离。

02

江忍自己骑车的时候看起来不太靠谱，没想到载了人反倒骑得平稳流畅。两人一路上都没交流，蒋逸明能感觉到他身体绷得很紧，这应该是紧张的表现。

可是这电动车太小了，蒋逸明得费劲屈着腿才能保持姿势，江忍仿佛能听到他心声一样，在蒋逸明几次想问还有多久才能到，却又不想跟江忍说话的时候说道："快到了，还有几分钟。"

"嗯。"蒋逸明松了一大口气。这时他们拐进了一条小路，路过几家瓦房，里面都亮着灯，看见这条路，蒋逸明觉得还真有点熟悉——他以前在这条路上放过鞭炮，炸了一团牛粪，回家蒋政鸿把他打了一顿。

姥爷的家在这条小路的尽头，蒋逸明远远就看见那屋子的灯亮着，等一靠近，就看到姥爷就在家门口等他。

霍邵云上一次见外孙还是四个月前，时间一晃就过去了，蒋逸明也觉着好像没过多久。

江忍叫了声霍爷爷，说把蒋逸明送到了，之后霍绍云非要拉江忍进屋吃晚饭，江忍说家里有晚饭。他头盔都没取下来，看着很有喜感。蒋逸明不习惯应付这种场面，站在旁边不说话，看江忍怎么委婉拒绝。

最后霍绍云拉不住他，江忍脚一踩，又骑着电动车走了。

“你小子，”霍绍云接过蒋逸明手里的行李，仰着头斥他，“长这么高，书都是白读啦？连句谢谢都不说。”

蒋逸明惊觉：“确实，给忘了。”

“忘了明天补上。”

“那必须啊。”蒋逸明想，我又不是什么地痞流氓，还能不和人说谢谢啊。

“坐多久车？饿了吧？”霍绍云边在前面走着，边说，“你多少年没回来，还记得这里长啥样？”

“饿得快啃地皮了，没忘呢，都记得，二楼楼梯口那儿是不是还摆着一盆杜鹃花来着？”蒋逸明见着了老屋子，回忆就一点点浮现出来。

“都多少年前的事了，哪还有花，早就死了。”

“哦！”蒋逸明挠挠头。

辗转坐了小半天车，蒋逸明到家后第一件事就是洗澡。他从行李箱里找出衣服，又给家政阿姨发消息，让她明天把他的东西都给寄过来，他今天走得急，只带来了一部分。

洗完澡后出来看见阿姨回了个“好”字，蒋逸明擦擦头发，在窗边坐了坐，霍绍云把饭热好了叫他吃，他饿急吃了三碗饭，还啃了个蹄髈。

霍绍云先前吃过饭，过了七点就不再吃东西，他在一旁问蒋逸明还记不记得刚才接他的江忍。蒋逸明嘴里含着饭不太想说话，含混不清地“嗯”了声。

“是吧？我就说你该记得，你小时候每次来玩都找他，还给他带糖带玩具，他胆儿小你就牵着他，你俩多好啊。”

还多好，蒋逸明听着怎么这么别扭呢。

“姥爷，‘食不言’三个字还是你教给我的。”

霍绍云轻咳一声：“那行，你先吃，吃完上去休息，明天陪姥爷聊，怎么样？”

“那太行了。”

蒋逸明吃饱喝足上了楼，翻开手机看屏幕，这已经十点了。他上床静静地躺着，先环视了下周围，久不住人的房间被打扫得很干净，房间里还有个书柜，柜子上贴了张他幼儿园时期得的小红花，纸旧得都泛白了。

没过一会儿，他掏出手机看 qq 群，回了几条朋友的消息，又切换到和家政阿姨的聊天界面，打字问：我爸回来过吗？

阿姨回：没回来。

蒋逸明冷笑一声，丢了手机拉过被子倒头就睡。

房间里没有空调，只有两台电风扇，蒋逸明半夜被热醒，习惯性地下楼想倒点水喝，下了楼却发现自己已经不在家里了，这里是姥爷家。

他没找到冰箱，也不知道水放在哪里，此刻口干舌燥，只好随手拣起桌上的苹果啃了起来。客厅的灯开关在哪儿他也不知道，自己默默啃完了苹果后，简单漱了下口就回去继续睡觉了。

这次不太好入睡，外边全是此起彼伏的虫叫声，他翻来覆去愣是没睡着。迷迷糊糊被外边的狗叫声吵醒时，蒋逸明的心情简直不能用更坏来形容。

天才微微亮，蒋逸明再也睡不着了，顶着头乱糟糟的头发站在阳台上一看究竟。原来是江忍家的狗和别家的狗打起来了，江忍在一边急得团团转，还是霍绍云拎着棍子给它们打开的。

蒋逸明听见了江忍大清早出门的原因，他过来给霍绍云送麻团，说是自己炸的，炸了很多所以分他们点，给蒋逸明吃。

蒋逸明没下楼，江忍抬头看见他在栏杆处站着。

“蒋、蒋……”

“蒋逸明。”蒋逸明不知道他是结巴还是忘了自己叫什么名字，总之他心里不高兴极了。他有起床气，起床的时候总没好脸色，就这三个字还是看在江忍昨晚载自己的份上开口的。

“臭脾气……”霍爷爷笑着，对江忍说，“不管他，跟他妈小时候一个样，你霍阿姨也是，叫她起床跟叫大小姐一样。”

霍灵灵已经去世很多年，霍绍云却觉得她好像还在，嘴里时不时冒出一句“你霍姨以前……”。

江忍一想到这个就对蒋逸明充满了同情，他问蒋逸明：“你吃，麻团吗？”

“吃。”

蒋逸明下楼洗漱，江忍把麻团给他摆好放在院里的桌上，蒋逸明坐下就对他说“谢谢”，虽然脸色不好看，但语气还是客客气气的。他在江忍眼皮底下吃了一个麻团和两个卤鸡蛋，又喝了豆浆。

江忍带了六个麻团来，霍爷爷吃了两个，蒋逸明只吃了一个，江忍见状问他：“你不爱吃麻团吗？”

蒋逸明老实说：“喜欢甜一点的。”

江忍笑眯眯地说：“噢，那我下次多放点糖。”

蒋逸明没想到他这么热情还这么好说话，忍不住抬头看着他，对他说“谢谢”。

这次的回复比刚才那声就好很多了。

03

蒋逸明来这儿的第三天，家里的东西还没寄来，他带过来的几包零食已经吃完了，平板和电脑也都没带，想打游戏手机还总是没信号。一根充电线连着手机从白天充到晚上，天气热，手机烫得跟炸弹一样，搞得他的心情也像颗炸弹，怒火恐怕随时都会爆炸。

他脾气忍不住上来，却又非常清楚这一切都是他自己的选择，没道理冲谁发火。

暑假快收尾，蒋逸明因为转学逃掉了一次补作业的折磨，跟这里的人又不熟悉，因此成天不出门，霍绍云怕他在家憋坏了，让他去找江忍玩，蒋逸明并不愿意。

江忍却时不时会过来串串门，本来就是邻居，霍绍云常年独居，江忍家里也只有两位老人，他和老人处得来，偶尔会来陪霍绍云聊聊天，或者给他送些自己种的蔬菜水果。

今天江忍摘了一袋青椒来，袋子里还装了两颗只比鸡蛋大一点的西红柿，那是江忍自己种在院子里的，只熟了两个，他都给蒋逸明带来了。

蒋逸明昨晚熬夜玩手机，今天睡到十二点才起床，这会儿正在吃饭。江忍把辣椒放好了，掏出西红柿问他吃不吃，蒋逸明摇摇头说不吃，江忍有些失落地把它们放到了一边。

霍绍云说他不吃我吃，江忍又欢欢喜喜地把西红柿递给霍爷爷。

蒋逸明对江忍献宝一样的殷勤没什么反应，在他看来，他是不会和这种人交朋友的，说话唯唯诺诺，还结巴，一点儿也不大气，因此每次江忍过来串门他都不是很在意。

蒋逸明不吃西红柿，下午江忍又抱来颗大西瓜，霍绍云不在家，蒋逸明无奈地出来接待，给他倒了杯冰水，没话找话似的问他热不热。

江忍摘了草帽放在手里，坐得像小学生听课一样端正。他是忙惯了的，没觉得今天有多热，可要说不热吧，额头又有细汗冒出来，他一时间竟不知道该怎么回答。

流汗是因为蒋逸明站在他面前，他有些紧张才会这样，蒋逸明误当作他是累的，他总不可能说出真实原因吧？何况他一紧张话就说不清楚，怕惹蒋逸明不喜欢。

“你愣着干吗啊？”蒋逸明看他姿势越来越板正，越来越奇怪就说：“热你就说热，不热就不热，怎么还沉默了呢，意思让我自己感受是吧？”

蒋逸明想了想怕只有这个原因，说着说着自己都笑了出来。

江忍看他脸上挂着笑就没那么紧张了，捏着草帽的手都松了些，缓缓开口道：“不热，西瓜，放水里镇镇吗？好吃一点。”

蒋逸明不知道放哪里，江忍起身把西瓜抱起来朝院子里走，蒋逸明跟在他后面，看见他把瓜放进院子里盛了水的石缸里。

“放冰箱不好吗？”蒋逸明在他身后问。

江忍没回头，语气轻缓地解释道：“冰箱塞不下一整个，切一半再塞会串味，那样，不好吃。”

蒋逸明“哦”了声，低头一见江忍的脖子红了一片，他伸出两根手指按了按，又问道：“你这儿是怎么了？这么红。”

江忍急忙躲开溜走，捂着脖子回头盯着他：“你干什么……”

蒋逸明看见他脸更红了，立马寻思过来这该是不好意思了，霍绍云说过江忍不怎么跟同龄人一起玩的，他心下了然，收回手，迅速找了个借口：“我以为你起疹子了呢，就看看。外面晒得慌，你快进去吧。”

江忍埋着脑袋腼腆地跟他进了屋，蒋逸明把他的冰水倒了，换了杯凉白开递给他。

“欸，不用麻烦的……”

“不麻烦，换水有什么麻烦的。”

“谢谢……”

有些人就是不爱喝冰水，蒋逸明刚才没想到这茬，重新把江忍叫进屋了才想起，刚才江忍一口面前的水也没喝。

江忍喝了几口就放下了，坐好看了蒋逸明一眼，然后将视线转向了别处。蒋逸明不知道跟他聊什么，气氛一度尴尬。

幸好江忍没坐多久就说要回家做饭了，蒋逸明送他出了院子就赶紧上了楼。

隔天，蒋逸明打电话叫阿姨把物流消息发给他查查，怎么寄了好几天还没收到东西，阿姨支支吾吾地说不清楚，蒋逸明没忍住发了火，阿姨这才交代说蒋政鸿不准她寄东西过来，还转告了蒋政鸿的原话：“真有能耐就少拿家里的东西。”

蒋逸明深呼吸一口气，问：“蒋先生在家吗现在？”

阿姨说在。

蒋逸明看了看周围，喊了声姥爷，没人答应，估计姥爷去买菜了。没了顾虑他才继续对阿姨说：“你把手机开免提，我跟蒋政鸿说句话。”

阿姨犹犹豫豫说：“开着的……”

蒋逸明说：“蒋先生，我不跟你吵，其他东西我不要可以，但是麻烦你搞清楚，电脑是用我妈留给我的钱买的，我的身份证也在房间里，还有我的衣服，那都不是你买的，你扪心自问这么些年你给我买过几件东西？你给过我几个钱啊？”

蒋政鸿破口大骂，蒋逸明把电话拿远了，冷笑道："我说了，我不跟你吵，你也打不着我，大热天你省点力气吧。"

说完蒋逸明掐了电话，气得把手机摔了，一脚踹在木门上，接着"哐当"一声，半扇门向后歪去，他把固定栓踹掉了，门坏了。

蒋逸明说了句脏话，烦躁地挠着头发，简直想揍人。可揍谁呢？不行揍他自己一顿得了。

"你怎么了？"

江忍不知道从哪里冒出来，捡起他的手机，递给他一颗梨，问："蒋逸明，你吃梨吗？刚刚摘的。"

蒋逸明烦得要命，说不吃，接着往楼上走去。

江忍在后面追着说："你的手机！"

蒋逸明："坏了，不要了。"

江忍低头拿着手机看，按了几下，发现只是屏幕裂了两条缝而已，他啃了口梨，又看看蒋逸明的背影道："手机是好的呀。"

蒋逸明满肚子火，江忍正好撞到他枪口上，他忍无可忍地转身："我说不要了不要了！能不能别老来烦我！"

江忍愣了好一会儿，蒋逸明没看到，他管不了这些，上楼回房间打开两个电风扇，捂着被子睡了一觉，睡到晚上才起来。

身上又黏又热，蒋逸明的坏心情简直到达了顶峰。外面天也黑了，家里安安静静好像没人似的。他把短袖脱了去冲澡，冲完下楼一看，姥爷在院子里修门，江忍就站在旁边，手里举着个电筒，全神贯注地盯着姥爷。

蒋逸明睡醒后气就消了，要说这会儿一点抱歉的意思都没有那也不可能，一个是被自己踹坏的门，一个是下午莫名其妙被自己吼了一顿的人，他脸皮再厚也还是感到了歉意，特别是对江忍，甚至都有点儿不知道怎么面对他。

江忍先看到了他，“咦”了一声，似乎想说什么，可立马又把嘴闭上，眼睛怯怯地在他身上停留了几秒，然后又继续盯着霍绍云手里的工具，专心地举着手电筒了。

蒋逸明觉得江忍应该是被自己下午吓到，不敢说话了。

他慢吞吞地凑上前，惭愧又郁闷地问：“能修好吗？”

霍绍云看他一眼，没看出喜怒，估计知道让他发火的原因，语气平淡地说：“能，房子太旧了，门也容易坏，没事儿，姥爷能修。”

“不然明天修吧，怪费眼睛的。”

“现在也是闲着，下午找兜兜他爷爷下棋没见着，回来才看见。这儿有灯，马上都能弄好。”

“哦，”蒋逸明站在江忍背后问，“谁是兜兜啊？”

霍绍云：“就是你面前的江忍，这是他小名。”

江忍不好意思地埋下头，小声道：“我奶都不叫我这名字了。”

霍绍云：“我爱叫，多好听啊，又好记，是吧蒋逸明？”

蒋逸明这替人尴尬的毛病又犯了，心说我不想掺和，可江忍下意识地转过来看着他，他只好硬着头皮说：“这名字是挺好叫的，也挺可爱。”

江忍站着没吭声，霍绍云修着修着问蒋逸明是不是又跟他爸吵架了。蒋逸明说吵什么架，不都是我挨骂吗？霍绍云笑了笑，神色中带着点儿轻蔑的意思，也不谈这话题了。

门修好了后，江忍要走，蒋逸明忽然叫住他，问他要不要吃葡萄。他根本忘了那串葡萄还是江忍带过来的，他只是想让江忍别那么快走，好歹给他一点弥补的机会，或者说点什么，道个歉之类的。

江忍：“什么？”

“吃点葡萄，别走，站那儿，我去给你洗。”

霍绍云：“外边蚊子这么多，你要对人好也动动脑。”

蒋逸明："那你快进来，坐下。"

江忍："哦哦……"

蒋逸明慌忙把葡萄洗干净，生怕江忍走了，总回头看客厅里还有没有人。

江忍："我不会走的。"

霍绍云悄悄地跟他说："这是想跟你道歉呢。"

江忍迟疑了一会儿，虽说下午被吼了一句，但他回家的时候想想感觉是自己太多管闲事了，何况他刚才听见蒋逸明原来是跟他爸爸吵架才会这么生气，他没觉得这是件多大的事。

"不，不需要吧……"江忍说。

霍绍云摇着蒲葵扇笑道："这小子虽然不爱学习，但做人还是没啥大问题的。"

江忍听得更迷糊了，这怎么还说起做人来了。

蒋逸明把洗好的葡萄先拿给江忍吃，江忍受宠若惊地拿了一颗。蒋逸明问道："怎么样？甜吧？"

昨天尝过很甜才摘下来给他们送来的江忍："嗯……挺甜的。"

"那你带回去吃。"

"我，我家里有，还是，还是你吃吧。"

"那你别生气了呗？"

"我没生气，你别放在心上。"

"我脾气就是这样，挺冲的，对不起啊，下次不会乱冲你吼了。"

江忍："真的没，生气。"

蒋逸明："那你吃葡萄。"

在一旁看好戏的霍绍云憋不住了："那就是人家送来的葡萄。"

蒋逸明整个人无语了："你可真是我的好姥爷。"

Bu he Fou ding

04

自从这次之后蒋逸明对好脾气的江忍态度没那么冷淡了，不过正处于要开学的时候，家里的水果和蔬菜该收的收该卖的卖，江忍要在开学前多帮家里做点事，所以去串门的次数就不多了。

蒋逸明从姥爷口中得知江忍的爸爸早些年去世了，他妈妈前两年去城里打工，跟一个城里的男人结婚之后就再也没回来，每年只给他打一点必要的生活费和学费。江忍跟着他爷爷奶奶一起生活，家里种了几亩地的水果和蔬菜，每年能从这上面赚点买零食和衣服的钱。

蒋逸明原先觉着自己很惨，现在觉得江忍比他还要惨，看江忍都带了点同病相怜的味道，也不觉得他说话慢慢吞吞的让人着急了。

江忍没有蒋逸明的想法多，他只是打心眼里觉得这个城里的小少爷过不惯乡下生活是情有可原的。

蒋逸明刚来的时候身上少爷气息很重，说白了就是自私。他不会收拾家里，用过的东西可能会随手一丢，再要用时找不着又会发脾气。江忍有一次过来时正碰到蒋逸明在屋子里打转，说无线耳机不见了，江忍陪他一起找，他暴躁地转身时不小心将江忍撞到木桌旁，小腿被撞破了一点皮，不严重。蒋逸明皱着眉说对不起，耳机也不找了，坐在沙发上发愣，看着江忍，没过一会儿又说对不起。

"没关系。"

江忍是这么说的："你坐下歇会儿吧，我帮你找。"

那一刻蒋逸明觉得江忍这个名字起得一点儿没错，他好像无所不忍，脾气好到离谱。

"不找了。"一股久违的感觉爬上蒋逸明心头，他意识到江忍并不是一个"柔弱"的人，这男孩拥有一股他从没在身边同龄人身上发现过的温柔力量，虽然柔软但强悍。

蒋逸明忽然很挫败地叹了口气，他望着江忍，由衷地感叹道："我怎么就学不成你这样。"

江忍："什么？"

蒋逸明忽然又不想继续说下去了。

江忍："不用，学我，你这样就很好呀。"

蒋逸明从鼻息里发出一声笑："这不是听到我说话了吗？"

江忍不好意思地抿了抿唇，想跟蒋逸明阐述清楚自己的想法："对的……你又自信，直爽，我也学不会你呀。只要你别老是上火就好了，对身体很不好的，很多事情只是小事，你越是烦躁，越做不好……"

"还表扬上我了。"蒋逸明瞥瞥他的腿肚子，本来还想开两句玩笑也开不出口了，耷拉着脑袋说，"我知道了。"

他没告诉江忍，上一个让他这么听话的人还是他妈呢。

江忍笑道："你现在很需要耳机吗？"

蒋逸明往后一仰，答非所问："你疼吗？"

"不疼啊。"江忍很小就开始帮着家里干活，这点小剐蹭甚至都不能称作伤，"这一点儿也没感觉，放心。"

也不知道为什么，蒋逸明他自己也受过伤，从没这么矫情过，但一看见江忍腿上那块撞到明显见青的皮肤，他就感觉有些难过。

江忍对自己这么好，一丁点儿无谓的伤害都不应该带给他才对。

"要不你揍我一顿吧？"蒋逸明拉着江忍的手腕往自己身上打。

江忍似乎不习惯和人亲密接触，不好意思地一直往回缩，脸也红了："我不打人，你别闹。"

看见江忍脸红成这样，蒋逸明都不知道该怎么办了，只得生硬地松开手，"哦"了声。

等了八九天，蒋逸明才陆陆续续收到几个家政阿姨从城里给他寄来的包裹，这时离开学时间只剩不到四天，蒋逸明把他的东西抱进房间拆开来挨个放好。姥爷家虽然不比城里，但是自由啊，他不会因为一点小事就跟蒋政鸿吵架，闹得每天都不愉快。

这里还有江忍，江忍跟他在城里那些朋友都不一样，他不会算计，也没那么多弯弯绕绕的心思，特别单纯，好像蒋逸明说什么他都信。

这天傍晚江忍忙完了家里的活，又去批发部买了雪糕请蒋逸明吃，蒋逸明不知道江忍是不是在报答自己小时候给过他几颗糖吃，现在有什么好吃的都给自己送。

他在打游戏，江忍体贴地提醒道："你再不吃就化了。"

蒋逸明拆了个红枣牛奶味的雪糕，咬了一口递给江忍："能先帮我拿一下吗？"

霍绍云问："干吗这么惯着他，他站起来比你还高，你买给他？"

江忍说："他不知道哪里有卖的呀，这次我请他，下次他请我。"

蒋逸明连忙点头说："就是啊，兜兜怎么这么懂事呢。"

江忍站在他旁边看了会儿，蒋逸明打游戏打得忘我，江忍忍不住说："雪糕快化身上了。"

蒋逸明无所谓地说："一点儿，没事。"

江忍看不下去了，给他找来一包纸垫着，试探性地将雪糕递到蒋逸明嘴边，蒋逸明想也没想就咬了下去，一根雪糕就让江忍给他这么一口一口喂了进去。

霍绍云嘀咕蒋逸明把少爷病带到了这儿，一回头发现喂东西的人态度比吃东西的人态度还受用，觉着江忍对自家外孙也太好了点儿，要只是因为蒋逸明小时候牵他的手一起炸过牛粪，还给过他几块巧克力，那自家外孙这便宜占得也太大了。

蒋逸明在以前的学校也享受过跑腿服务，不过没有江忍这种很听话的小孩在他跟前转，好学生都不爱跟他玩，江忍跟他这么好他还挺乐意的，心想大不了自己以后在学校多罩着点他。

蒋逸明吃完了雪糕，游戏一局结束后他才有工夫扭头看江忍去哪儿了，刚忽然就没动静了。

江忍在帮他姥爷扶苗子，霍绍云在院里种的几株番茄长塌了，他找了几根竹竿子来绑上撑苗。

蒋逸明收了手机，觉得要不还是找点事做。他朝江忍背后走去，江忍冷不防被他拍了肩膀，吓了一跳，眼睛都睁大了许多，问道："怎么啦？"

蒋逸明没话找话一样："你暑假作业做完没？"

"早做完了。"

"哦。"

"怎么？"

"没怎么，想说没做完的话借你一本来做做，闲的。"

江忍"扑哧"一声笑了问道："作业哪有借给别人做的啊？你学校没布置吗？"

"没啊，我才转学的，还带什么作业，那不是白做吗？"

这时江忍才知道，蒋逸明不是回乡下来玩几天就走的。

05

蒋逸明的转学手续是霍绍云去办的，转到江忍所在的学校，而且他们都是学理科的，索性也就让他和江忍一个班了。蒋逸明没意见，觉得自己在哪儿都一样。

开学那天是江忍和他一起去报的名，上课前班主任问他要坐哪里，蒋逸明说要坐江忍旁边，可是江忍有同桌，蒋逸明不退步，非要坐他旁边。

江忍的同桌是个小个子男生，估计被蒋逸明凶巴巴的眼神吓坏了，没几句话的工夫就主动站起来说要为新同学让位置。

蒋逸明如愿以偿地坐到江忍旁边，大剌剌地把什么东西都没装的包放进抽屉里。

他的课本还没发下来，上课要挨着江忍一起看，蒋逸明本来就不喜欢上学，听课容易睡着，江忍总是会轻轻摇他手臂，让他听重要知识点。

有一次，他睡着了，被江忍摇醒的时候脑子不清醒，闹了脾气，吼了江忍一句："你烦不烦？要看你自己看。"

江忍愣了愣，接着低下头说抱歉，蒋逸明没听到，所以没反应。

他是睡昏了头，忘记那是江忍才吼的，睡到一半就觉着不得劲儿，意识回笼后吓醒了，猛地抬头盯着江忍，连连道歉。

江忍反应很淡，只是回答说没事。

蒋逸明心里懊悔，却拉不下脸表现得十分明显，还反咬人家一口："你眼眶怎么红红的？"

江忍别扭地转过头。

别是给自己吓哭了？蒋逸明顿时心虚起来，不敢碰他，只能静悄悄地歪着上半身凑过去看。

"你别哭啊……我真错了，以后再吼我就是小狗，不对，再睡觉我就是小狗。"

江忍肩膀抖了一下，在憋笑，蒋逸明不知情，还在抓耳挠腮想怎么挽回。

"你知道我就这个德行，你说人一时半会儿要改这么多也不容易，但我确实在改了不是？你是知道的，江忍，好江忍，你再忍忍我呗？"

江忍憋不住大笑起来，蒋逸明发现后气坏了，逮着他要弹他脑门。被弹脑门江忍也笑，还学蒋逸明的语气重复那句“好江忍再忍忍我呗”。

蒋逸明拿他很没办法，抱着手说：“你再学我，我上课闹你了啊。”

江忍前同桌还没见江忍笑得这么开心过，忙问是谁讲了笑话笑得这么开心。江忍憋着没吭声，蒋逸明只会甩人眼刀，弄得人家不敢再问，这事就算这么过去了。

后来蒋逸明的教材发下来，两个人不用再挨一起别别扭扭地看同一本教材，江忍学习起来很投入，要不是之前共用一本书，他不一定能注意到蒋逸明开小差不听讲。

蒋逸明看江忍这么认真，自己暗地里也较劲，从前是他爱打架不学好，交的朋友自然都是些不爱学习的，现在旁边坐了个三好学生，蒋逸明自然耳濡目染，鼓着劲开始学习了。

两人关系逐渐亲密起来后江忍的话也多了，某天问起蒋逸明为什么要到这里来上学，蒋逸明反问他：“你是真不知道还是假不知道？”

江忍说自己真的不知道。

蒋逸明说：“次要原因是跟人打架，主要原因是回家跟我老子吵架之后不服输，他生气就给我弄这儿来了。”

江忍的表情欲言又止。

“你是不是想问我为什么打架？”

“能说吗？”

蒋逸明说：“能。”

“那为什么呢？”

“但我不想告诉你。”

“好吧……”

蒋逸明弹了他一个脑瓜崩，说：“你好傻啊，你在学校有别的朋友吗？”

江忍笑眯眯地微扬起下巴道：“你为什么要说别的朋友，你承认我们是好朋友吗？”

在咬文嚼字上根本斗不过江忍的蒋逸明被无语地噎住了，心说就算承认，那也是朋友而已，好朋友，还没到这份儿上吧？

06

转眼到了十一月份，马上要迎来高二第一次期中考试。蒋逸明根本没把考试什么的放在心上，他来到这个学校以后心态平和了很多，主要是没怎么看到有人来挑事，而且远离了蒋政鸿和那个谁之后，他也不会天天顶着个黑脸对着别人，惹人不爽。总的来说，他觉得在这里生活还是很愉悦的。

蒋逸明没觉得一次期中考试能怎样，主要是以前的学校周周都要考试，这已经是家常便饭了，他成绩一直就那样，不好不坏，所以没什么好特别在意的。

江忍跟他不一样，据说江忍一直是他们年级的前三名，十分稳定。这次考试时间安排下来以后江忍就定了个看书计划表，蒋逸明看他上课拿尺子比画着写什么东西，凑近了一看发现是一张计划表，蒋逸明当时就乐了，问他怎么还做这种东西。江忍一脸认真，说是给他做的，蒋逸明当时就笑不出来了。

“你给我做这东西干吗？”蒋逸明问。

“就……”江忍也说不出个所以然，说蒋逸明学习时间分配得不好想帮帮他好像不太合适，这样显得自己管得有些过头，没道理管人家学不学习。

“我闲得没事画的，给自己安排一下，你要是需要的话也可以给你参考一下……”江忍说话小声，班里一下课又很吵，蒋逸明得靠他很近才能听到他在说什么。江忍继续说：“我觉得……你挺聪明的……你上课，反应，很快，你说你成绩不好，大概是没安排好复习时间……”

“哦，这么个意思。”蒋逸明听得很费劲，又在心里憋笑，“怎么还结巴了？我又不打你。”

江忍的脸迅速红了，蒋逸明靠他近，说话时一股温热的气息扑在他身上，弄得人痒痒的，他躲了躲，蒋逸明故意似的又挨过来说：“你练下腰呢？躲什么啊？”

江忍更说不清话了：“不是，结巴，有时候紧张就会，这样。”

蒋逸明笑了：“这得多紧张啊。”

江忍假装收拾自己的桌面没理他，蒋逸明得寸进尺：“怪不得第一次来接我的时候蒋、蒋、蒋半天，原来是个紧张的小结巴。”

江忍抄了本书砸他，微怒道：“烦不烦？你不要，我就自己看，让你考三百名。”

蒋逸明学他：“要，要。”

气得江忍想咬他。

“兜兜。”蒋逸明乐得不行，“咱们年级统共五百多人，考三百名这也算诅咒？我以前学校一千五百多人，我考过一千五百多名呢。”

“你别叫我，小名！”江忍怒了，可惜声音又软说不出狠话，“你还，挺得意的！”

“不过那都是为了气我爸，咱们的实力可不止在这儿。”

“这种方法，不可取。”

“对对对，兜兜说的全都对。”

“蒋逸明！”

江忍在学校成绩好，但是因为性格内向，在班里其实没什么特别交好的朋友。相反，蒋逸明凭借着外向的性格迅速和新认识的同学打得火热，成了和谁都可以说上话的对象，这让江忍不免有些羡慕。

他从小就没怎么和同龄人一起玩，八岁就开始学着做家务，做简单的饭菜。父亲的缺失让他童年一直过得很自卑，喜欢什么想要什么几乎不肯开口，过早地懂事让他学会了隐忍，太高兴和太伤心他不都是会表现出来。后来他妈妈也不回家了，江忍就变得更加“懂事”，温顺得叫人心疼。

直到蒋逸明的到来。

七八岁的时候蒋逸明每次过年回来找不到人一起玩就拽着他出去放鞭炮，江忍怕炮声响，蒋逸明就将自己的耳罩摘下来给他戴，江忍一直记到现在。那个从城里来的小孩一回来大家就拥上去夸他好看，他被人挤得烦了会皱着眉推开大家自己去玩，这是江忍根本不敢做的事，他做了，江忍觉得他很了不起。

一个人能记得清几件七八岁时候的事呢？江忍也说不清楚，反正他能记起来的都是和蒋逸明有关的事情。

如果可以，谁不想成为那样恣意的小孩呢？

现在蒋逸明又回来了，带着唤醒江忍许多本能情绪的本领，再一次出现。

蒋逸明和别人玩得好也不会忘了江忍，他们偶尔会一起去食堂吃饭，但是回家却是每天都一起走。

江忍那种温暾的性格其实并不招大部分高中男生喜欢，之前就有一个隔壁班的男生骂过他，江忍都不计较，没想到在食堂又碰到了那个男生，让人指指点点笑了一通江忍也没理会，端着自己的餐盘就去找位置了。

那天蒋逸明没跟江忍一起下去，他先一步去帮蒋逸明打饭。那个男生骂那句娘娘腔的时候正好被下来吃饭的蒋逸明听见，蒋逸明从容地走过去一手掀翻了对方的碗。

结果不出意外，蒋逸明跟那人打了一架。

有江忍拦着，又是在食堂这种人多的地方，蒋逸明不好太过分，后来还是食堂值班的老师急匆匆跑过来拉开他们。最后战果是蒋逸明眼睛上挨了一拳，对方流了鼻血，嘴角青了一大块。

原本发生这种事是要记过的，蒋逸明态度坚决，拒不认错，理直气壮地说都是因为对方先口头侮辱他朋友才动的手。江忍跑了几趟办公室去求情，教导主任念在他是刚转来的学生，加上也确实是另一个男生有错在先，最终只是让班主任领回去做思想教育。

事后江忍虽然觉得感激，但止不住为他后怕，回家一边用煮好的白鸡蛋给他滚伤口，一边苦口婆心劝道："你也，太急躁了。这样就为我打架挨训，不值得呀。你爸不会，不会又骂你吧？"

"骂啊，怎么不骂？"蒋逸明打架就跟疏通筋骨似的，明明眉骨处已经肿了起来，愣是眉头都没皱一下。

"他是看我不顺眼，我在家喝白开水他都会骂我。我本来就是这样的，又不是因为你才这么暴躁。你不用操心这么多。还有啊，别人骂你，你就受着，你是不是以为这样可以息事宁人啊？我告诉你根本不可能，这种时候你越不反驳，那些人就越变本加厉，你就得明确告诉他，再骂一句把你嘴撕烂。"

江忍扑哧一声笑了说道："我没那本事。"

蒋逸明："你没有，我有好吧？"

江忍低低地"嗯"了声，表情却不像认可，而是在思考别的什么。

蒋逸明本就见不得别人低眉顺眼的样子，江忍这种要说不说的姿态让他有股没理由的烦躁感，他非得问清楚江忍在想什么。

江忍被他逼问得没有办法，把蛋塞到他手里，说：“我也跟你一样，本来就一直都是这样的。我一直，就没有撕烂别人嘴巴的本事。我以前没说，现在也不会说，说他干吗呀？反正他又没害我掉两块肉，学校排名榜我还是前三，有什么好说的呢。你会帮我打架，但是你以前不在这里，以后也不一定会在这里，你不是属于这里的人。”

“蒋逸明，我很感谢你为我出头，但我不想你觉得我没用，虽然我在这方面，确实显得挺没用的，但我只是想告诉你，很多时候，其实不必要为了一些难听的话损伤自己的利益。这种利益里面不止包括身体受伤什么的，还有你的名誉，犯不着跟那些人扯到一起，知道吗？况且你受伤，你的家人和朋友都会为你担心，你觉得值吗？”

江忍一口气说了这么多，偷摸着观察蒋逸明脸上的表情，想看看他有没有生气，本来打算要是他不高兴自己就开溜，但一看蒋逸明脸上没什么特别的变化，他就犹豫着又把蛋要回来继续给他滚伤口了。

江忍：“我反正觉得挺不值的……你觉得呢？”

蒋逸明有些不自然地轻咳一声道：“这会儿不结巴了？好家伙，说这么一长串话意思就是你觉着那人不配我出手呗？这小孩，说点好听话还得拐弯抹角酝酿一大堆呢。”

江忍低头：“我没说好听话来着……”

蒋逸明伸手在他头上乱揉一通：“行了行了，懂你意思了，你觉着他不配让我跟他打架，损害自己的名誉，可你这样什么都不反驳不也是在损害自己的名誉吗？”

江忍依旧埋着头小声说：“那我不一样啊，我习惯了。”

蒋逸明听到这话心里不好受了道："你要不叫我一声明哥，明哥以后罩你啊。"

江忍笑了笑："我不需要你罩。"

"还瞧不上我，瞧不上算了。"

江忍脸红了："不是那意思。"

蒋逸明问："你脸红什么？"

"我叫不出口。"

"叫不出口就不叫呗，这是明哥教你的第一堂课，不想做的事可以不做，想做的事立马就去做，懂了吧？"

"懂了。"

蒋逸明心想江忍还真挺好骗的。

07

这次打架事件后，江忍和蒋逸明的关系肉眼可见地好了起来。

期末考试以后蒋政鸿来找蒋逸明了，两手拎满了给霍绍云的补品，问蒋逸明回不回去过年，霍绍云压根儿没用正眼瞧他，也没接东西，还是蒋政鸿自己把东西放进了客厅。

蒋政鸿前几天打电话到学校，应付似的问了问蒋逸明在学校的表现，老师如实说了他打架的事，蒋政鸿憋着劲儿呢，一看蒋逸明冲他翻白眼，气得立马解了皮带要抽他。蒋逸明不带躲的，但霍绍云怎么会让他在这里打人，冲上去把蒋政鸿给拦了下来。

蒋逸明看在姥爷的份儿上才松口，劝他爸道："我不管你当没当有我这个儿子，大热天的你别给我姥爷气坏了身体，气坏了你赔得起吗？。"

蒋父气得跳脚，江忍在隔壁听到动静赶过来的时候，蒋政鸿正一个巴掌扇到蒋逸明脸上。

江忍焦急得近乎口不择言，管不了那是蒋逸明的爸爸还是谁，他冲过去站在蒋逸明前头，壮着胆大声道："你怎么打人呢？你不能打人！"

蒋逸明没了妈妈以后，后妈和蒋政鸿唱双簧的做法消磨掉了蒋逸明对亲情的耐心和信心，连带着使他对同龄人也失去了许多信任，江忍这么胆小的人，连别人骂他都可以不在乎，却肯为了自己出头，那一刻蒋逸明的心情真的是难以言说。

蒋政鸿一点儿也不知道，江忍从始至终都觉得只要对蒋逸明多一点耐心，蒋逸明就会成长为很好的人。

蒋政鸿不跟小孩计较，也拗不过霍绍云，他来不是为了接蒋逸明，而是通知他，爷爷奶奶想他，所以放假必须回去一趟。

蒋逸明对老人没什么怨恨，蒋政鸿鬼迷了心窍对他不好，爷爷奶奶待他还是不错，他会回去的。

蒋逸明回城那天，江忍问他的家在哪里，蒋逸明报了个地名。江忍说："我还没去过呢。"

"你想去吗？我带你一起。"

"这不好，以后再说吧，总有机会去的。"

蒋逸明回去不是带着开心的心情，不想江忍跟着自己一起不开心，所以没再提要江忍跟他一起回去玩这种话。

那天他是独自离开的，原本蒋政鸿说下午派车来接他，江忍一早就带了许多水果和两个甜煎饼给他，让他在路上饿了吃。蒋逸明说自己坐车不爱吃东西，但江忍说那些水果都是他很早就起床去现摘的，蒋逸明就把东西全塞进包里了。

江忍陪着蒋逸明在院子里等到下午三点，蒋逸明一通电话打过去问："到底还有没有车来接？"蒋父声音迟疑道："你今天回来？"

蒋逸明立马掐了电话骂脏话，抬头看见江忍的眼神，把更多还没说出口的“问候”咽进肚子，憋了一肚子火。蒋逸明最后长长叹口气说：“指望他我才是傻子。”

江忍急忙说：“你不是。”

“起码我今天是，等了人半天，合计把我给忘了。”

江忍怕他发火，安慰道：“兴许是太忙了……”

蒋逸明笑笑，揉揉他的头说：“你也太单纯了，单纯容易遭人骗，知道吗？小朋友。”

江忍嘀咕：“要人哄才是小朋友呢，你才小朋友。”

蒋逸民挑眉：“说什么呢？”

江忍：“我说我不是小朋友。”

蒋逸明“切”了一声，但不再是那种凶凶的表情了。江忍不怕，还抬头冲他笑。

“行了，我自己想办法回去”

江忍有些担心：“你自己回去吗？现在都下午了，你回去会不会天都黑了，还有车吗？安不安全啊？”

蒋逸明彻底笑出声来：“你搞错没啊江忍？你担心我？车站肯定会有车啊！没车我也会想办法的，没事，你别想太多！”

江忍只会呆呆地点头。

蒋逸明没过多久就走了，霍绍云煮了两个蛋给蒋逸明，蒋逸明没带，霍绍云就给了江忍让他带回去。

蒋逸明吃蛋的习惯很怪的，他不吃蛋白，嫌蛋白有味儿，江忍恰好又不喜欢吃蛋黄，嫌蛋黄有味儿，两人每次吃蛋都是交换着吃，他问蒋逸明会不会被噎到，蒋逸明说慢慢吃不就行了……

蒋逸明走的第五天，是年二十九。夜里，江忍收到蒋逸明的一条短信，问他晚饭吃的什么。

江忍老老实实回复了自己晚上吃的东西："一碗米饭，一点点土豆烧牛肉，几根炒青菜，一碗蛋花汤。还有，奶奶又给我卧了个蛋，叫我吃蛋黄。"

蒋逸明回："挑食可不行。"

江忍拿着手机傻笑着回他："少说我，也管管你自己，你还不吃蛋白。"

蒋逸明没继续回短信了。

凌晨两点钟，江忍在睡梦中被外边一阵喧闹杂乱的声音吵醒。有狗叫，汽车的声音，还有几个人在说话，进进出出的声音就从隔壁传来。

江忍一个激灵从床上爬起来，不知道为什么他总觉得是蒋逸明回来了。爬起来后他套了件棉袄掀开窗帘往下一看，睡眼蒙眬的看不太清，但是确实有人回霍爷爷家了，接着江忍听见了蒋逸明的声音。

江忍赶紧套了裤子轻手轻脚地走下了楼，夜里冷，门一打来就是阵寒风，走了几十步路后江忍看见蒋逸明穿着敞开的羽绒服正在一辆汽车的后备厢那里搬东西。

蒋逸明见到他，一下愣住了，手里箱子也忘了搬。他朝江忍走过去，这过程中他快速地把江忍从头到脚打量一遍，问："你怎么穿成这样就出来了？你就不怕冻坏？"

江忍一点儿也没觉得冷，反而觉得胸腔发热，惊喜又疑惑："你怎么回来了？年都没过完呢。"

蒋逸明把羽绒服脱给他穿，随即又转身去搬东西，边走边说："不高兴我回来啊？"

"不是啊，没有不高兴，但是……"江忍跟在他身后打转，蒋逸明往左他就往左，往右他也往右。他知道蒋逸明跟他爸爸关系不好，这次回去还没过年就回来了，想到上次蒋爸爸的那记耳光，他很怕蒋逸明回去挨了打，有些着急地说："问你，为什么啊？"

蒋逸明像是被他缠得无奈，又不知道为什么笑了起来，一副纵容的样子，一只手按住江忍的额头不让他动，说道："回来帮你吃蛋黄行不行啊？你不是需要我吗？责任重大，我得赶紧回来。"

江忍知道肯定不是这个原因，但看见蒋逸明笑了，那些呼之欲出的担心就显得没什么必要。蒋逸明会回来跟大家一起过年，是因为他觉得这里的人更加重要。

江忍在心里悄悄做起了等量代换，抬起头笑眯眯地一边盯着蒋逸明看一边说："我买了两把烟花，蒋逸明，明晚咱们一起守岁吧。"

蒋逸明没放过烟花，鱼雷倒是买过不少，不过看见江忍这样盛情邀约，他是不会拒绝的。

"好啊。"蒋逸明点了点头。

风已经停了，月光从云雾中穿透出来，稀疏地落在地上，勾画出了斑驳凄清的影像。

但蒋逸明知道，他的心已经不会再像之前那样冷下去了。

END

Bu he Fou ding

THE ON
限·定·好·友
“你和我想象中的不太一样。”
“但是你本人比人设可爱。”
下期预告

LY ONE
“是吗？”
人设崩塌中
WHO ARE YOU
即将上市
敬请期待

图书在版编目数据

限定好友.6,一触即燃 / 李科棠主编.
—武汉:长江出版社,2022.4
ISBN 978-7-5492-8261-6
Ⅰ.①限… Ⅱ.①李… Ⅲ.①短篇小说-小说集-中国-当代
Ⅳ.①I247.7
中国版本图书馆CIP数据核字(2022)第052734号

限定好友6·一触即燃 李科棠 主编

出　　版 长江出版社
（武汉市解放大道1863号 邮政编码：430010）
选题策划 漫娱图书 胡丽云
市场发行 长江出版社发行部
网　　址 http://www.cjpress.com.cn
责任编辑 罗紫晨
特约编辑 陈雪琰 解天予
总 策 划 嗑学家工作室
装帧设计 吴 琪 周真名
印　　刷 恒美印务（广州）有限公司
版　　次 2022年4月第1版
印　　次 2022年5月第1次印刷
开　　本 880mm×1230mm 1／32
印　　张 7.75
字　　数 192千字
书　　号 ISBN 978-7-5492-8261-6
定　　价 39.80元

电话：027-82926557(总编室) 027-82926806(市场营销部)